Eveline Schulze **Mord in der Backstube**

Eveline Schulze

Mord in der Backstube

und zwei weitere Fälle

Bild und Heimat

Von Eveline Schulze liegen bei Bild und Heimat außerdem vor:

Liebesmord und zwei weitere Fälle (Blutiger Osten, 2012)

ISBN 978-3-95958-057-1

1. Auflage dieser Sonderausgabe

Umschlaggestaltung: capa
Umschlagabbildung: Chris Keller / bobsairport
Druck und Bindung: GGP Media GmbH, Pößneck

SUPERillu

In Kooperation mit der SUPERillu

www.superillu-shop.de

FSC
www.fsc.org
MIX
Papier aus verantwortungsvollen Quellen
FSC® C014496

Inhalt

Asche zu Asche

Die Nasenflügel kräuseln sich merklich. Geräuschvoll zieht die hagere Frau die Luft ein, als würde sie Tabak schnupfen. Der Bäcker hinterm Tisch mustert die Kundin aus der Nachbarschaft ein wenig irritiert und schiebt sich das Käppi mit der mehlbestäubten Hand aus der Stirn.

»Ist was?«

»Riechen Sie nichts?«

Was sollte Müller riechen? An den Duft von frischem Brot hat er sich gewöhnt, seit er in der Lehre war, und das war noch unterm Kaiser. Noch immer hat er diesen Geruch gern in der Nase. Kaum ein Gewerbe, Tischler vielleicht ausgenommen, wo es so gut riecht wie in einer Backstube. Sobald die Ofenklappe sich öffnet, fährt einem der Duft der dampfenden braunen Laibe in die Nase. Er flutet die ganze Backstube und schließt mit dem Geruch von Mehl und Hefe und dem gärenden Sauerteig ein Bündnis. Mit dem langen Holzschieber holt der Bäcker sodann die Laibe aus der letzten Ecke des Ofens und legt sie auf dem Brett ab, das der Lehrling nach vorn in den Laden trägt. Die ewig gleichen Rituale und Geruchsgenüsse …

»Was meinen Sie? Stört Sie der Backgeruch? Ich bitte Sie, nichts duftet angenehmer als frisches Backwerk. Wollen Sie einen Zweipfünder? Dann geben Sie mir bitte Ihre Brotmarken.«

Während des Krieges, als alles knapp und darum rationiert wurde, führte man die Brotmarken ein: für ein Zweipfundbrot brauchte man 20 Marken à 50 Gramm. Allabendlich, nach dem Tagwerk, klebte Müllers Frau mit Mehlkleister die Marken auf Papierbögen, um der Obrigkeit nachzuweisen, dass keine Scheibe Brot verschoben worden oder »unter den

Tisch gefallen« war. Das Ende des Krieges bedeutete keineswegs das Ende der Rationierung, zudem fing der große Hunger erst richtig an. So wie Mehl reinkam, wurde es verbacken, egal, wie schlecht es gemahlen und mit Kleie gestreckt worden war. In den ersten Nachkriegsjahren hatten die Russen dafür gesorgt, dass er backen konnte. Dann beschlossen sie im fernen Berlin, das war noch gar nicht so lange her, die Russenzone zur Republik zu erklären, obwohl die Soldaten blieben und noch immer das Sagen hatten. Seither hatte Müller aber weniger Mehl und auch weniger Kunden. Die Neiße, die mitten durch das fast neunhundertjährige Görlitz floss, war nun Grenze. Der Ostteil hieß Zgorzelec, und das klang so wie »Gerltsch«. So nannten die Hiesigen ihr Görlitz, das nun plötzlich die östlichste Stadt Deutschlands war. Viele von Müllers Kunden blieben zwangsweise weg. Und jene Deutschen, die die Polen rausgeworfen hatten, waren weiter nach Westen gezogen.

Die Stadt war gut über den Krieg gekommen, keine Bombe war gefallen, und kein Durchhaltekrieger ernannte sich zum Festungskommandanten. Nur ein paar Knallköppe von der Wehrmacht hatten noch am 7. Mai '45 alle sieben Brücken über die Neiße in die Luft gejagt, als glaubten sie, auf diese Weise die Russen aufhalten zu können. Dabei feierten diese bereits seit Tagen in Berlin ihren Sieg. Wenn etwas idiotisch genannt werden musste, dann die Sprengung der Brücken von Görlitz.

Drüben, in Zgorzelec, hatten sie jüngst einen Vertrag geschlossen. Die Zone, also diese Deutsche Demokratische Republik, und Polen hatten die Grenze für endgültig erklärt, damit war Schlesien zwar nicht über die Wupper, wohl aber für immer über die Neiße gegangen.

Bäcker Müller, ein unpolitischer Mann, berührt das weniger. Wichtig ist, dass er genug Mehl hat und zufriedene Kunden. Das also jeder in der Schlange, die sich vor seinem Laden bildet, wenn es Brot gibt, auch eines bekommt und etwas zum Kauen hat. Alles andere lässt ihn mehr oder weniger kalt.

»Also, Herr Müller, das riecht wie … wie …«, die Frau schnieft, »nehmen Sie es mir nicht übel …«

»Wie könnte ich, Frau Scharansky.«

»… das riecht wie bei uns in Breslau, damals, als die Toten nicht rasch genug beerdigt wurden, weil es ihrer so viele waren.«

Nun ist es raus. Sie atmet tief durch.

»Ich bitte Sie, wo sollten hier Leichen liegen?« Müllers Lachen klingt gequält, auch wenn er tut, als amüsiere er sich köstlich. Der Frohsinn ist ihm schon längst vergangen. Auch er hat diesen süßlichen Verwesungsgeruch wahrgenommen und auf eine tote Maus oder Ratte getippt. Deshalb hatte er den Lehrling beauftragt, nach dem Tierkadaver zu suchen. Der fand jedoch nichts, obgleich er in jeden Winkel gekrochen war. Nicht einmal Mäuseköttel hatte er entdecken können. Dennoch bestellte Müller vorsorglich den Kammerjäger und ließ Rattengift in der Backstube auslegen. Er wollte sich nicht von der Hygiene die Bäckerei schließen lassen.

Der Geruch hängt noch immer im Hause, woher er rührt, weiß niemand. Nur eines weiß Müller: aus seiner Backstube kommt er nicht. Insofern stellt er sich mit Recht unwissend. »Nein, Frau Scharansky, da müssen Sie sich täuschen. Oder riechen Sie etwas?«

Müller fragt die hinter ihr ausharrenden Frauen. Wie erwartet schütteln die die Köpfe. Sie wollen ihr Brot, mehr nicht.

»Na, sehen Sie«, triumphiert Müller. Er ist erleichtert.

Die Frau legt die Marken auf den Tisch, das Geld dazu, greift nach dem Brot und wendet sich wortlos zum Gehen.

»Einen schönen Tag noch, Frau Scharansky.« Der Tag ist im Eimer und Bäckermeister Müller sauer. Wobei sich der Unmut mehr gegen ihn selbst richtet. Aus welcher Ritze quillt der Gestank? Ob er mal mit dem Krüger … Er hält von dem Mieter über der Backstube nicht viel, und von dessen Frau noch viel weniger. Als unlängst die Backstube kalt blieb, weil mal wieder kein Mehl geliefert worden war, raunzte ihn die Krügersche an. »Was ist bei Ihnen los, Herr Müller? Wir haben letztens gefroren wie die Schneider und mussten unsere Wohnung heizen. Das war ja nicht zum Aushalten!«

Als wenn es zu seinen Pflichten gehörte, das ganze Haus mit seiner Backstube warm zu halten.

Krüger selbst war ein windiger Bursche, wie Müller schien. Die alten Krügers hatten im Ostteil von Görlitz, also drüben, ein ordentliches Geschäft mit feinen Lederwaren geführt, Taschen, Portemonnaies, Gürtel, Handschuhe, Brieftaschen und so weiter. Nach dem Krieg hatten sie versucht, diesseits der Neiße eine neue Existenz aufzubauen, doch feine Lederwaren gab es nicht mehr, nicht einmal Leder, und schon gar nicht die Kunden, die sich dafür hätten interessieren können. Es ging um die nackte Existenz, nicht um Dinge, die als Luxus galten. Ph, feine Lederwaren …, Müller lässt geräuschvoll die Luft aus seinem Mund entweichen.

Allerdings schien sich für den Geschäftsmann Krüger sr. und seinen Sohn Franz eine unternehmerische Perspektive aufzutun, als im Juni 1948 in den Westzonen ein neues Zahlungsmittel eingeführt wurde. Diese Währungsreform bezog auch die Westsektoren von Berlin mit ein. Über Nacht war die in allen Besatzungszonen umlaufende alte Reichsmark in den Westzonen ungültig geworden. Die Russen waren mit Recht sauer, denn erstens waren sie von den Westmächten darüber nicht informiert worden, was dazu geführt hatte, dass das alte Reichsgeld nunmehr in ihre Zone floss, weshalb sie selber schnell darauf reagieren mussten. Zweitens, und das war noch gravierender, war Deutschland mit diesem Schritt definitiv geteilt. Einen Staat mit zwei unterschiedlichen Währungen würde es nicht geben.

Die Russen beklebten die alten Geldscheine mit Coupons

wie Zeitungswände mit einer Tapete, weshalb dieses Zahlungsmittel im Volksmund »Tapetenmark« hieß. Wenig später wurden in der Ostzone neue Banknoten ausgegeben, die Währung hieß wie die im Westen, sah aber anders aus. Diese Deutsche Mark ist das gültige Zahlungsmittel auch in Görlitz.

Aber, und darauf gründet Krügers »Geschäftsidee«, in Westberlin werden nicht nur die D-Mark West und die D-Mark Ost in den Wechselstuben getauscht. Sondern man kann dort auch Waren kaufen, die es in den Geschäften der Sowjetzone, welche seit ’49 DDR heißt, nicht gibt. Bohnenkaffee, Bananen oder Perlonstrümpfe zum Beispiel. In den Läden der HO oder im Konsum bekam man, wenn überhaupt, nur das Lebensnotwendige.

Krüger fuhr fortan regelmäßig mit seinem alten Lieferfahrzeug aus der Vorkriegszeit nach Westberlin und kaufte dort jene Sachen, die ihm in Görlitz und Umgebung von den Kunden geradezu aus der Hand gerissen wurden. Die zahlten mit ostdeutscher D-Mark, die Krügers in Westberlin wechselten, oder mit Tauschwerten, die sich in Westberlin versilbern ließen: Kameras, Mikroskope, Schreibmaschinen, Teppiche, Gemälde, Lebensmittel und dergleichen Dinge mehr. Erbstücke waren darunter, vieles aber stammte aus der aktuellen Produktion.

Nun haben die östlichen »Organe« aus verständlichen Gründen etwas gegen Schieberei, weshalb sie verhindern wollen, dass clevere Geschäftsleute ihren privaten Reibach machen und Waren aus dem ohnehin schlecht bestückten Handel ziehen. Doch das ist nicht so einfach. Westberlin liegt nicht nur auf dem Territorium der DDR, die Halbstadt ist auch nicht hermetisch abgeriegelt, und so viel Personal hat man nicht. Schmuggler und Grenzgänger wissen jedenfalls, wie man unkontrolliert hinüber und herüber gelangen kann.

Müllers Obermieter Krüger jr. und dessen Vater sind gut

im Geschäft, und Franz Krüger lässt das auch die Leute im Hause spüren. In den Augen des Bäckermeisters ist er ein arroganter junger Schnösel, und seine Frau, die Ruth, steht ihm in dieser Hinsicht nicht nach. Sie arbeitet in einer Parfümerie als angestellte Verkäuferin, doch Müller würde sein Bäckerkäppi verwetten, wenn dort nicht auch Duftwässerchen unterm Ladentisch verkauft würden, die zuvor der feine Herr Krüger in Westberlin besorgt hat. Und dabei war sie mal so ein nettes Mädel. Er kennt ihre Eltern, die Blumbachs. Sie führen ebenfalls einen Laden, wo man alles kaufen kann, was man denn so braucht – vorausgesetzt, es ist vorhanden. Der Krieg hatte die Angebotspalette erheblich eingeschränkt, auch danach blieben viele Regale leer. Nur selten noch stand zwischen Kochtöpfen und Schnürsenkeln auch mal ein Fass mit Heringen.

Trotzdem haben die Blumbachs immer ein Lehrmädchen. Natürlich, das ist in erster Linie eine billige Arbeitskraft. Aber sie behandeln diese, soweit dies Müller wahrnahm, anständig und fair. Die letzte, die Hanna, haben die Blumbachs auch übernommen. Hanna ist etwa im gleichen Alter wie ihre Tochter. Ruth und Hanna, inzwischen junge Frauen, unterscheiden sich allerdings nicht nur in der Haarfarbe. Die blonde Hanna, so meint Müller festgestellt zu haben, hat etwas aufreizend Frivoles an sich, während die dunkelhaarige Ruth irgendwie langweilig und herrschsüchtig wirkt. Warum sich Franz Krüger für sie entschied und sie auch heiratete, obgleich er doch auch etwas mit der Hanna hatte, wie es hieß, wissen die Götter. Müller weiß es nicht.

Was kümmert's mich, denkt der Bäcker. Sobald Krüger wieder aus Berlin zurück ist, will er ihn fragen, ob dieser üble Geruch auch in ihrer Wohnung bemerkt würde.

»Die Nächste, bitte.«

Wochen zuvor. Durch die Straßen der Stadt pfiff kalter Dezemberwind. Wer nicht unbedingt hinausmusste, blieb daheim. Doch wer konnte sich dies schon leisten? Jeder hatte sein Tagwerk zu erledigen, die meisten standen in Lohn und Brot. Görlitz war Industriestadt. 1815, auf dem Wiener Kongress, wurde die einst sächsische Siedlung der preußischen Provinz zugeschlagen, dann kam die Bahn, und Görlitz wurde mit der Welt verbunden: Dresden, Breslau, Berlin. Dort, in der preußischen Hauptstadt, endete die Strecke im Görlitzer Bahnhof. Der Kopfbahnhof wurde im Zweiten Weltkrieg schwer beschädigt, später abgerissen, und nur der »Görlitzer Park« in Kreuzberg, der dort entstehen sollte, erinnert an diese Geschichte.

Die Oberlausitzer Volltuchfabrik mit vier Betrieben beschäftigte einige Tausend Frauen und Männer. Im Bau war das Koweg, das Kondensatorenwerk an der Uferstraße. Produziert wurde im Nähmaschinenteilewerk, kurz NTW. Seit 1888 gab es das Feuerlöschgerätewerk. 1948 wurde es volkseigen und umbenannt in VEB Robur, wo jetzt Lastkraftwagen und Motoren hergestellt wurden. Zehn Jahre älter war die KEMA, die bis 1945 Maschinenfabrik Raupach hieß. Und schließlich der größte und wohl älteste Betrieb der Stadt: der Waggonbau. Seit 1849 schraubte man in Görlitz Schienenfahrzeuge, da steckte die Bahn noch in den Kinderschuhen. Wie kaum ein anderes Unternehmen hatte dieses Stadt und Umland geprägt. Ende der 80er Jahre würden allein dort fast viertausend Menschen arbeiten.

Die Görlitzer hatten ihr Auskommen. Ob sie aber alle so unglücklich waren wie Hanna in ihrer Mansardenwohnung, stand dahin. Hanna hatte Arbeit, Hanna hatte ein Dach überm Kopf, und Hanna hatte ein Problem: Sie war schwanger. Wer dafür verantwortlich war, sagte sie niemandem. Denn der Vater war verheiratet. Nicht mit ihr, sondern mit Ruth, die mal ihre beste Freundin war.

Hanna kannte Franz, seit die Neiße Grenze war. Sie hatte eben die Lehre bei Blumbachs beendet und war so um die siebzehn Jahre alt, als Franz in den Laden und damit in ihr

Leben trat. Er scharwenzelte immer öfter im Geschäft herum und machte Ruth Blumbach den Hof.

Diese erzählte Hanna brühwarm alles, schließlich waren die beiden Mädchen befreundet. Da hatte man keine Geheimnisse voreinander. Auch als Franz Ruth den Ring aufsteckte, den er ihr aus Westberlin mitgebracht hatte, machte Ruth aus ihrem Herzen keine Mördergrube: Wir werden heiraten, verkündete sie stolz, und hielt Hanna das Schmuckstück unter die Nase. Hanna schwieg tapfer. Denn Franz, die Canaille, hatte es auch schon geraume Zeit mit ihr. Einmal war er im Laden erschienen, als Ruth abwesend und auch sonst niemand im Geschäft war. Er plauderte charmant, Hanna amüsierte sich, und dann hatte er sie bedrängt. Er drückte sie zwischen die Regale im rückwärtigen Lager. Hanna hatte sich gewehrt und gesagt, er solle das lassen, jederzeit könne jemand kommen. Darauf hatte Krüger nur gelacht und gemeint, es gäbe schließlich ein Läutwerk an der Tür, das würden sie schon hören.

Ihr Widerstand speiste sich aus Pflicht und Furcht und folgte den üblichen Anstandsregeln. Doch der Widerstand war halbherzig, denn neugierig war Hanna auch. Sie wollte schon wissen, was da kommen würde, denn dass zwischen Frauen und Männern Geheimnisvolles liefe, ahnte sie mehr, als sie es wusste: Sie war in dieser Hinsicht gänzlich unerfahren, und die Mutter, die als Stationshilfe im Krankenhaus arbeitete und Kriegerwitwe war, hatte wenig Anlass gesehen, ihre Tochter mit diesem Thema vertraut zu machen. Es waren die Jahre höchster Anspannung, wo der Bauch nur insofern interessierte, als er gefüllt werden musste. Und zwar von oben und nicht von unten.

Franz drängte und fuhr ihr mit der Hand unter die Kittelschürze. Hanna war das unangenehm, doch sie ließ es geschehen. Plötzlich schellte es an der Tür, Franz zog die Hand zurück, sie straffte den Kittel, strich sich übers Haar und trat in den Verkaufsraum.

Hanna bediente die Kundin wie gewohnt freundlich, aber auffällig langsam. Irgendwann wurde es Franz zu lang. Er schritt aus dem Versteck und sagte, er komme noch mal wieder, er habe jetzt keine Zeit mehr, um auf Herrn Blumbach zu warten. Ja, in Ordnung, sagte Hanna erleichtert, denn so sehr war sie an der Fortsetzung der Fummelei nicht interessiert. Zumindest nicht heute.

Das lag inzwischen geraume Zeit zurück.

Natürlich kehrte Franz wieder. Er wurde von Mal zu Mal zudringlicher, wenn sie allein waren, doch es kam nicht zum Äußersten. Zwischen Mehlsäcken und Scheuerlappen wollte sich Hanna nicht ihrer Unschuld berauben lassen. Und wenn es denn wahr war, was er ihr immer mit heißem Atem ins Ohr blies, nämlich dass er sie liebe und mit ihr leben wolle, dann sah sie keinen Grund mehr, sich ihm zu verweigern. So ging sie an die Sache heran. Denn was war Liebe? Ja, sie mochte den Franz, er war ganz nett, doch ihrer Gefühle war sich Hanna nicht sicher. Es war nun mal die Bestimmung der Frau, einem Manne zu folgen, ihm Kinder und ihre ganze Aufmerksamkeit zu schenken. Hier war ein Mann.

Er kam auch noch in ihre Mansarde, als Ruth bereits den Trauring trug. Hanna hatte damals kräftig geschluckt, als sie ihn gezeigt bekam, und mit gespielter Freude gratuliert, doch als sie Franz danach traf, stellte sie ihn zur Rede. Er hatte etwas von Pflicht und Wunsch der Eltern geschwafelt, und dass er natürlich nur sie liebe und begehre, was er sogleich zu beweisen sich anschickte. Doch Hanna hielt Franz von sich und verlangte Klarheit. Wie er sich das denn denke?

Franz dachte gar nicht. Der Verstand war ihm in die Hose gerutscht, er wollte seinen Spaß und sonst Ruhe. Warum müssen Frauen immer nur reden, sagte er sich im Stillen: Hanna wie die fordernde Ruth, allerdings aus gegensätzlichen Gründen. Ja, er hatte die kalte, berechnende Ruth geheiratet, sie war die bessere Partie, schließlich gab es bei

Blumbachs was zu erben. Hanna, die Verkäuferin, hingegen, brachte kein Haus und keinen Laden mit. Allenfalls ihre Zuneigung. Aber das war eine Währung, die in dieser Zeit nichts galt. Um präzise zu sein: Die für Franz wertlos war. In dieser Hinsicht glich er Ruth, was er bestritt, aufs Haar. Beide waren sich ähnlicher, als ihnen bewusst war.

Klare Sache, dass die Würfel gefallen waren. Trotzdem blieb er dabei, dass er in Wahrheit nur sie liebe, und Hanna glaubte ihm. Und als ihre Regel ausblieb und der Arzt sie wissen ließ, dass sie schwanger sei, schien ihr der Weg frei: Nun musste Franz zu ihr zurückkehren und sich von Ruth trennen.

Doch das geschah nicht.

Als sie ihm eröffnet hatte, dass sie ein Kind bekomme, hatte er lediglich gesagt: Nicht von mir! Er war aus der Mansarde geflüchtet, die Treppe hinuntergestürzt und ließ die heulende Hanna hinter sich zurück. Zwei Tage später, nach einer Fahrt nach Berlin, war er wieder erschienen und hatte gesagt, man könne doch über alles reden. Auf dem Weg zurück nach Görlitz hatte er sich seine Rede zurechtgelegt. Er hatte Wort an Wort gefügt, die Sätze aneinandergereiht, der Text stand fest. Miteinander reden hieß für ihn: Ich sage dir, Hanna, wo's langgeht. Entweder du folgst mir, oder es ist für immer aus! Er würde sich nicht von Ruth trennen, aber ihrer beider Bratkartoffelverhältnis wie gehabt fortsetzen.

Sein Vorschlag lautete also, sie solle das Kind wegmachen lassen, ob es von ihm sei oder von jemand anderem, egal, die Sache müsse aus der Welt.

»Die Sache« ist dein Kind, hatte Hanna geschrieen, und überging die unverschämte Unterstellung, sie könne es auch mit anderen Männern getrieben haben. Nein, sie werde nicht abtreiben, rief sie mit Rotz und Blasen in den trüben Novembersamstag, sie nicht.

Ob dies ihr letztes Wort sei, hatte Franz gebrüllt und Hanna darauf heftig genickt. Ohne Pause schob daraufhin Franz nach, er werde sich von niemandem sein Leben ruinieren lassen, auch nicht von ihr, worauf Hanna erstaunlich ruhig reagierte. Worin bestünde sein Ruin, fragte sie gelassen. Sie werde bei der Geburt seinen Namen nicht nennen, das Kind sei vaterlos. Und die Alimente werde er ja wohl aufbringen können. »Oder ist es das, was dich schmerzt?«

Ach, warf er zynisch ein, hattest du es darauf abgesehen, auf mein Geld? Nun würde ihm manches klar. Franz lachte höhnisch auf.

Das sei ja wohl der Gipfel, entrüstete sich Hanna. Du warst doch der geile Bock, du bist doch immer zu mir ins Bett gekrochen, nicht ich in deins, das du mit Ruth teilst.

Und wer hat mir immer schöne Augen gemacht, mich becirct und mit dem Arsch gewackelt? Du hast mich doch scharf gemacht, weil du mich unbedingt in deinem Bett haben wolltest! Unter Liebe habe er sich immer etwas anderes vorgestellt, keifte Franz Krüger, als wäre er die verführte Unschuld.

Raus, hatte darauf Hanna wütend gebrüllt, raus, du Mistkerl, es reicht!

Und nachdem er die Tür zugeschlagen hatte, warf sie sich heulend aufs Bett, dass es quietschte. Einige Tage stand sie wie neben sich. Sie konnte keinen Gedanken fassen, nicht logisch überlegen. Mechanisch ging sie morgens ins Geschäft und stand dort hinterm Ladentisch, mit leerem Kopf ging sie abends wieder nach Hause. Sie hatte niemanden, dem sie sich anvertrauten konnte. Die Blumbachs waren nett, aber Partei, schließlich war Ruth ihre Tochter. Und ihre Mutter wollte sie damit nicht behelligen, sie litt noch immer unter dem Verlust ihres Mannes, und einen neuen hatte sie nicht gefunden, weil sie keinen suchte. Mutters Glück war mit den letzten Schüssen des Krieges gestorben, nun wollte Hanna ihr nicht eröffnen, dass auch ihre Beziehung zu Ende gegangen war.

Die ehemalige Freundin Ruth schied ebenso aus wie deren

Mann Franz, schließlich waren beide in den Augen Hannas Schuld an dieser ganzen Malaise. Sonst kannte Hanna niemanden, dem sie sich hätte offenbaren könnte. Keinen Pfarrer, keinen Parteisekretär, niemanden.

Darum war sie nun wild entschlossen, die Angelegenheit allein zu erledigen. Sie würde Franz im Beisein von Ruth zur Rede und ihn vor die Wahl stellen: ich oder sie. Und wenn er nicht zu ihr käme, dann würde sie zur Polizei gehen und ihn anzeigen wegen seiner krummen Touren nach Westberlin. Dort wartete man doch nur auf entsprechende »Hinweise aus der Bevölkerung«. Als Feind der Republik, der das friedliche Aufbauwerk störte, würde er gewiss für eine Weile aus dem Verkehr gezogen werden.

So dachte Hanna mit schlichtem Gemüt, unerfahren in der Liebe wie im Umgang mit der staatlichen Gewalt, ehe sie sich den Mantel überstreifte und auf die Straße trat. Es war, wie schon gesagt, ein kalter, ungemütlicher Dezembermorgen, Weihnachten lag noch in weiter Ferne wie ihr Glück, aber in längstens einer Stunde hätte sie es erzwungen und würde als zufriedener Mensch nach Hause zurückkehren.

Von weitem schon sah sie Müllers Laden, einige Stufen an der Hausecke führten zur Bäckerei hinauf. Neben dem erleuchteten Schaufenster befand sich der Eingang zum Treppenflur. Die Pforte war unverschlossen. Es sollte erst später Mode und wohl auch nötig werden, dass die Haustür versperrt und der Besuchte per Klingel aufgefordert werden musste, sie zu öffnen.

Hanna stapfte hinein in den dunklen Flur und tastete nach dem Lichtschalter. Noch nie war sie hier gewesen. Ihre Hand strich suchend über die kalten Kacheln, schließlich stieß sie auf den Drehschalter. Eine Glühbirne flammte matt auf. Sie studierte den stummen Portier, aha, zweite Etage.

Die Dielen gaben knarrend nach, das Linoleum schien auch schon mehrere Mietergenerationen überlebt zu haben. Hannas Herz klopfte mit jeder Stufe stärker, sie war jedoch wild entschlossen, die Angelegenheit final zu lösen. Schließlich stand sie vor der Tür. Sie atmete tief durch, ehe sie den Daumen auf den Knopf drückte, unter dem der Name »Krüger« stand. Hingekritzelt auf ein Stück Pappe, das mit einer Reißzwecke an den Ölsockel genagelt worden war.

Sie hörte das helle Schnarren der Klingel und Schritte, die sich näherten. Dann wurde die Tür aufgerissen. Allein an der Heftigkeit war der Unmut zu erkennen, der den Türöffner beherrschte, weil er sich in seiner Ruhe oder im Tagesablauf gestört wähnte. Franz Krüger erstarb das unwirsche »Ja, bitte« auf den Lippen, als er Hanna erblickte. Sie drängte, die Schrecksekunde ausnutzend, an ihm vorbei in den schwach beleuchteten Flur und ging dorthin, wo Licht aus dem Türrahmen fiel.

»Hanna, du …«, schrie Ruth auf, als sie ihre ehemalige Freundin im Türrahmen stehen sah. Eine Spur zu laut, ein wenig zu theatralisch.

»Ja, ich«, sagte die und ließ sich von dem nachdrängenden Franz ins gutbürgerliche Wohnzimmer schieben.

Franz setzte sich ungerührt an die Frühstückstafel und tat so, als wäre Hanna Luft. »Gibst du mir mal bitte das Messer«, wandte er sich an seine Frau, und die reichte ihm das spitze, scharfe Brotmesser. Seelenruhig spießte er damit in das Brötchen von Bäcker Müller und zerteilte es in zwei Hälften. Dann langte er nach der Dose, strich sich daumendick die goldgelbe Butter auf die Schrippe und biss kräftig hinein. Seine Kiefer mahlten sichtbar.

Hanna brachte dieser Gleichmut auf die Palme, doch sie blieb ruhig und starrte nur auf die gut gedeckte Tafel. So also sah Familienglück aus.

»Was willst du?«, beendete Ruth das demonstrative Schweigen und nippte an ihrer Kaffeetasse mit Goldrand. Zweifellos Friedensware, wie man die Dinge nannte, die weit vor dem Krieg produziert worden waren. Danach wurde vieles eingespart, und das meiste war Tand, weil Rohstoffe gestreckt oder durch Substitute ersetzt wurden: bei Stoffen, bei Lebensmitteln, bei Kaffee und anderen Dingen des täglichen Bedarfs.

»Klarheit«, antwortete Hanna.

»Klarheit, Klarheit«, äffte Franz sie mit vollem Mund nach. »Welche Klarheit?«

»Ob du dich zu deiner Vaterschaft bekennst und daraus die Konsequenzen ziehst?«

Ruth setzte scheppernd die Tasse ab. »Vaterschaft? Konsequenzen?« Ihr fragender Blick wanderte von Hanna hinüber zu ihrem Mann.

Der zuckte mit der Achsel. »Sie behauptet, sie sei schwanger, und meint, ich sei der Vater.«

»Und, bist du es?«

»Natürlich nicht.« Franz Krüger biss erneut ins Brötchen und verschloss sich auf diese Weise den Mund. Er blickte starr vor sich hin, musterte das Hühnerei, als wäre es das des Kolumbus, und kaute.

Ruth giftete in Richtung Hanna. »Wie kommst du dazu, so etwas zu behaupten? Er ist schließlich mein Mann.«

»Na eben«, sagte Hanna. »Er ist fremdgegangen.«

Ruth raffte den Morgenmantel vor ihrer Brust. »Franz, stimmt das?« Die Stimme klang mehr neugierig denn vorwurfsvoll, sie schien es einfach nur wissen zu wollen.

Krügers gespielte Gelassenheit war verflogen. Er warf die angebissene Schrippe auf den Teller, dass sie vom Porzellan hüpfte und zu Boden flog. Natürlich mit der Butterseite nach unten. »Ja, ich habe mal mit ihr geschlafen. Wo ist das Problem?«

»Mal?« Hanna lachte gekünstelt. »Er lag regelmäßig in meinem Bett.«

»Wie lange geht das schon?« Ruth insistierte. Franz machte eine wegwerfende Handbewegung.

»Wie lange treibst du es schon mit diesem Flittchen?«

Franz schwieg, als habe er die Frage überhört. Hanna

knöpfte sich den Mantel auf und stemmte die Arme in die schmalen Hüften. Es war sehr warm im Zimmer, welches offenkundig direkt über der Backstube lag. »Er hat mir schon den Hof gemacht, bevor ihr euch verlobt habt.«

Franz ließ geräuschvoll Luft aus dem Mund entweichen, als wollte er damit sagen, alles heiße Luft und erfunden. Hanna legte nach. Der in Monaten angestaute Unmut brach aus ihr heraus, ihre verletzte Ehre und die fortgesetzte Demütigung, den Mann, den sie einst geliebt hatte, mit einer anderen teilen zu müssen. Sie kannte kein Halten.

»Hör auf, hör endlich auf«, brüllte Franz und donnerte mit der Faust auf den Eichentisch, dass die Tassen auf den Tellern und der Deckel auf der Kaffeekanne leicht klirrten. Ruth, inzwischen aschfahl, fixierte abwechselnd ihren Mann und ihre einst beste Freundin mit dem aufgeknöpften Mantel. Sie war merklich irritiert und ließ zunächst nicht erkennen, wem sie glaubte und für wen sie Partei ergreifen würde: für den Mann, der sie betrogen hatte und dennoch ihr Angetrauter blieb, oder für ihre Konkurrentin, die sie aber aus eben jenem Grunde hassten musste. Eifersucht führt immer zu Stutenbissigkeit.

Dann versuchte sie einzulenken, legte sanft ihre Hand auf seinen linken Unterarm. »Franz, mein Lieber, ganz ruhig.« Und an Hanna gewandt und mit unüberhörbarer Schärfe im Ton: »Was willst du wirklich? Geld? Natürlich, du willst Kohle? Oder? Darum geht es doch immer. Erst den Ehemann ausspannen und dann unverschämt werden. So läuft das doch, nicht?«

Hanna schüttelte den Kopf, dass die blonden Dauerwellen flogen. »Nein, ich will kein Geld. Ich will Franz. Er hat mir ein Kind gemacht und versprochen, sich von dir zu trennen.«

Ruth und Franz lachten gemeinschaftlich auf. Da waren sie sich wohl mal einig. Es war kein entspanntes Lachen, das von innen kam, keine wirkliche Heiterkeit, sondern ein absichtsvoller Affront. Eine Kampfansage. Sie wollten damit dem Eindringling zeigen, was sie von ihm hielten: Sie lachten ihn aus.

Hanna spürte das und verlor nun jede Kontrolle. »Gut, dann gehe ich eben zur Polizei.«

»Meinst du, dass du Franz auf diese Weise bekommst?«, kicherte Ruth.

»Nein, natürlich nicht. Aber du wirst ihn auch nicht behalten«, drohte Hanna. »Ich werde denen nämlich erzählen, wovon ihr so lebt. Die Schiebergeschäfte, die Franz in Westberlin macht, den ganzen kriminellen Scheiß, alles. Da wandert er für etliche Jahre in den Knast, darauf kannst du Gift nehmen.«

Franz sprang auf. Die Heftigkeit, mit der das geschah, ließ den Stuhl umstürzen. Der dicke Teppich bremste die Wucht des Aufpralls. Er lief zu Hanna und schlug ihr mit der flachen Hand ins Gesicht. Das hatte er noch nie gemacht. Er war zwar auch im Bett nicht unbedingt sanft und zärtlich, aber geschlagen, nein, dass hatte er noch nicht. Hanna verstummte erschreckt. Dann jedoch wurde sie laut. »Du Schwein, das wirst du mir büßen. Ich erzähle denen alles. Du wirst deines Lebens nicht mehr froh, das garantiere ich dir!«

Die Hände von Franz umschlossen ihren Hals. Mechanisch drückte er zu. Hanna rang nach Luft, keuchte, begann zu treten und versuchte mit ihren Händen den Griff zu lockern, um atmen zu können. Sie war so wenig bei Sinnen wie Franz, der völlig affektiv reagierte. Sie sollte nur still sein und ihre Klappe halten. Mehr wollte er nicht. Nur Ruhe.

Plötzlich sah er Ruth neben sich. Sie stand starr und stumm und betrachtete scheinbar teilnahmslos die beiden. In ihrer Hand hielt sie das Brotmesser, mit dem er vor wenigen Minuten das Brötchen zerteilt hatte. Die Klinge spitz, fünfundzwanzig Zentimeter geschliffener Stahl aus Solingen, Friedensware natürlich.

Er griff nach dem Messer, und Ruth verweigerte es ihm nicht. Im Gegenteil, sie übergab es ihm geradezu, so dass er das Heft greifen konnte. Er hatte Dank ihrer Handreichung im Wortsinne das Heft des Handelns in der Hand. Ohne zu Überlegen, stieß er zu. Einmal. Dann zog er das Messer aus dem Oberbauch. Hanna stürzte leblos zu Boden. Blut sickerte aus der Wunde und färbte den beigefarbenen Norwegerpullover rot. Die Gerichtsmediziner sollten später feststellen, dass Hanna bereits tot war, als ihr die Klinge in den Leib fuhr. Als Todesursache würden sie Erwürgen angeben. Der Kehlkopf sei zusammengedrückt, die Stimmritze verschlossen und beide Zungenbeine gebrochen gewesen, notierten sie im Bericht für die Staatsanwaltschaft.

Im Zimmer war nur das Ticken der Standuhr zu hören. Der Sekundenzeiger klackte unablässig seinen Rhythmus, dass es in der Stille schmerzte.

Ruth fand sich zuerst in die Wirklichkeit zurück. »Ist sie tot?« Ihre Stimme wirkte wie gebrochen, das Selbstbewusstsein schien verflogen, welches sie vor wenigen Minuten noch verbreitet hatte.

»Hm«, sagte Franz und ging in die Knie, »glaube schon.« Er legte zwei Finger an die Halsschlagader. »Ja. Die ist hinüber und kann uns keinen Ärger mehr machen.« Dann erhob er sich und rieb sich die Hände, als wasche er sie wie Pontius Pilatus in Unschuld.

»Und nun?«

»Wir legen sie erst einmal in die Badewanne, damit der Teppich nicht versaut wird. Fass mal an«, kommandierte er und griff sich Hannas Arme. Ruth tat wie geheißen und nahm die Beine. Sie schleppten den Leichnam über den Flur in die Toilette und ließen ihn in die emaillierte Wanne gleiten. Franz musterte unberührt die Tote, er begann wieder klar und logisch zu denken. »Ausziehen«, ordnete er an.

»Warum?«

»Mensch, wir müssen die Sachen verbrennen.«

»Und dann?«

»Dann verbrennen wir die Leiche.«

»Wo?«

»Quatsch nicht so viel. Fass lieber mit an.« Franz Krüger hatte Hannas Oberkörper in der Wanne aufgerichtet und versuchte, ihr den Mantel von der Schulter zu streifen. Da Hannas ganzer Körper auf dem groben Wollstoff lag, bekam er auch nicht die Ärmel abgezogen. »Nun mach schon«, herrschte er seine Frau an, »hilf mir.«

»Ich kann das nicht.«

»Aber mir das Messer reichen, das konntest du«, höhnte Franz. »Und hinterher will es keiner gewesen sein. Weiber …« Er drehte die Leiche um, der Kopf schlug hart auf den Wannenrand. Ruth schrie auf und rannte aus dem Bad.

Ungerührt zog Krüger an den Ärmeln und warf den Mantel schließlich neben die Wanne. Dann folgten Pullover und Rock, Strümpfe und Unterwäsche, bis der Leichnam nackt vor ihm lag. Eine junge, hübsche Frau, dachte Franz, schade um sie. Der Bauch war unmerklich gewölbt, er hatte keine Ahnung, in welchem Monat sie sich befand. Aber dass Hanna schwanger war, sah er. Sonst war ihr Bauch flach wie ein Brett, was er an ihr so mochte, und ohne jedes Gramm Fett. Anders als bei Ruth, bei der bereits Rettungsringe zu wachsen begannen und der Hintern breiter wurde. Es ging ihr gut, das Leben lief in ruhigen Bahnen, da setzte man eben Speck an.

»Bring mir mal den leeren Papiersack aus der Speisekammer«, rief er und setzte sich auf den Wannenrand. »Wo ich sonst das Mehl drin habe.«

Ruth reagierte gehorsam.

»Pack die Klamotten in den Sack«, forderte er sie auf. »Die verfeuerst du im Kachelofen im Wohnzimmer. Wenn die Briketts durchgeglüht sind, wirfst du etwas davon hinein. Nicht vorher. Verstanden?«

»Und was machst du mit …, mit …« Ruth hatte erkennbar

Probleme, wie sie die Tote in der Wanne nennen sollte. Hanna? Das war zu vertraulich. Leichnam? Klang zu amtlich. »Die Tote« gleichfalls.

»… dem Miststück?« Franz hatte für sich eine Lösung gefunden. Hanna hatte ihn erpresst und dazu gebracht, dass er nunmehr einen Menschen auf dem Gewissen hatte. Aber Schuld empfand er nicht. Sie hatte ihm Ärger bereitet, und den hatte er beseitigt. Kurz und schmerzlos. Nee, sie wird nichts gemerkt haben, ging ja schnell.

»Wir bringen sie heute Abend in unseren Keller. Dann verbrennen wir auch sie.«

Ruth Krüger fragte nicht nach. Sie war noch immer wie abwesend, das Denken gänzlich ausgeschaltet. Sie wollte mit der ganzen Sache nichts zu tun haben. Das war die Angelegenheit von Franz.

Spät am Abend, als Nachtruhe in das Mietshaus eingekehrt war, trugen die beiden ein Bündel in den Keller. Sie hatten Hanna in den Teppich gerollt, bevor die Leichenstarre eingetreten war. Krüger war schon nicht mehr ganz nüchtern. Er hatte tagsüber etwa eine halbe Flasche Doornkaat geleert. Den Klaren hatte er sich aus Westberlin mitgebracht, er gehörte zu seiner eisernen Reserve und war für den Notfall gedacht. Dieser war nun eingetreten.

Die beiden gelangten mit der Rolle unbemerkt durch den Treppenflur, stiegen dann die ausgetreten Steinstufen hinunter in den Keller, wo jede Mietpartei einen eigenen Raum besaß. Jetzt erwies es sich in den Augen von Krüger als nützlich, dass ihr Keller sich am Ende des Ganges befand. Früher hatte er sich darüber aufgeregt, denn er musste die Kohle zum Heizen nach oben tragen. Da kam es auf jeden Meter an.

Die Birne an der Decke warf ein fahles Licht, die 25 Watt leuchteten nur schwach den Verschlag mit dem Haufen aus Rohbraunkohle aus. Die Brikettfabrikation reichte noch nicht aus, so gab es auf Zuweisung die Blumenerde aus dem

Tagebau, wie man die Rohbraunkohle wegen ihres geringen Heizwertes abfällig nannte, und Briketts nur anteilig. Im Sommer erhielt man die Bezugsmarken, mit denen man zum Kohlenhändler ging und den Liefertermin vereinbarte. Sofern dieser an jenem Tag Kohle vorrätig hatte, fuhr er mit dem Pferdegespann oder einem alten Lkw vor und kippte dann die Kohle vors Kellerloch. Es war die Sache des Beziehers, wie er den Wintervorrat in seinen Keller kriegte.

Doch selbst dieser Vorgang stellte einen Fortschritt zu den ersten Nachkriegsjahren dar, als sich jeder selber darum kümmern musste, wie er seine Wohnung warm bekam. Die Bauern in der Umgebung von Görlitz waren da besser dran. Wie seit Jahrhunderten schlugen sie in den Wäldern, wo sie ein, zwei Jagen zwischen zehn und dreißig Hektar besaßen, nach der Ernte Holz für den Winter ein. Die Stämme wurden zersägt, die handlichen Stücke in Scheite gespalten und diese in Holzfeimen oder an der Hauswand zum Trocknen gestapelt. So kamen die Menschen auf dem Lande in Kriegs- wie in Friedenszeiten über den Winter. Die Städter hingegen waren auf die Kohlezuteilung der Verwaltung angewiesen. Und die wiederum auf die Lieferungen aus den Tagebauen und Brikettfabriken.

Unmittelbar nachdem sie Hannas Leichnam aus dem Teppich gerollt hatten, verschwand Ruth mit dem Bodenbelag nach oben. Sie solle ihm noch die Flasche bringen, rief Krüger mit schwerer Zunge hinterher, er müsse noch etwas erledigen. Auf dem Hackklotz lag das Beil, mit dem er die großen Kohleklumpen zerteilte, die so in seinen Keller gelangt waren, wie sie von den Förderbändern der Schaufelradbagger in die Waggons gepoltert waren. Er hockte sich neben den Klotz und musterte die blasse Tote, wie sie da auf dem Kohlehaufen lag. »Von Asche bist du genommen, und zu Asche sollst du wieder werden. Aber Jesus Christus will dich erlösen von deinen Sünden und dir ewiges Leben schenken.« Ashes to ashes … Krüger grinste. Er war kein gläubiger Mensch, aber er kannte diesen Spruch von Beerdigungen, denen er in den letzten Jahren wiederholt hatte beiwohnen müssen. Der Nachkrieg mit Hunger und Not hatte reiche Ernte gehalten. An ein Leben nach dem Tode glaubte Krüger nicht. Er hielt aber die Vorstellung für vergnüglich, dass von Hanna nichts weiter übrig bleiben würde als Asche.

Sie war eine schöne Leiche, wie er fand, nachdem er einen Schluck aus der Flasche genommen hatte. Ruth hatte sie ihm gereicht und sich mit den Worten verabschiedet, er solle die Tür absperren und das Licht löschen, wenn er hier fertig sei. Franz hatte nur kurz gegrunzt und den Blick nicht von der toten Hanna genommen. Eine schöne Leiche. Die kleinen Brüste schienen ihm ein wenig angeschwollen. Natürlich, wenn sie schwanger war, geht das ja beizeiten los, sagte er sich und nahm noch einen Hieb. Der Korn brannte im Hals, bis er im Magen aufschlug und dort wohlige Wärme verbreitete.

Wehmut stieg in ihm auf und Selbstmitleid bemächtigte sich seiner, als er Hanna betrachtete. Ach, es hätte alles so schön sein können, wenn sie nicht ihren Rappel gekriegt hätte. »Du dumme Nuss«, rief er. »Warum hast du das Kind haben wollen und mich dazu? Genügte es nicht, dass wir uns lieb hatten?«

Die wasserklare Flüssigkeit gluckerte, als er die Flasche an die Lippen setzte. Dann wischte er sich die Tränen aus den Augen. »Wir hätten zusammen alt werden können, du blöde Kuh.« Die Wehleidigkeit begann in Aggressivität umzuschlagen, Krüger wurde nun wütend. »Alles hast du kaputt gemacht. Alles!«

Er erhob sich und griff zur Axt. Er torkelte zum Kohlehaufen, betrachtete noch einmal ruhig und mit Verzückung den gut gebauten Körper, dann schlug er zu. Der erste Hieb traf den rechten Arm unmittelbar neben dem Rumpf, aber er durchtrennte ihn nicht. Krüger schlug mehrmals auf den splitternden Knochen ein, ehe der Arm abfiel. Dann nahm er sich den linken Arm vor. Dumpf drang das Beil in das helle Fleisch. Einmal, zweimal, dreimal. Geschafft. Nun noch die Beine. Der Untergrund gab nach, der Körper federte, die Axt auch. Er zog den Torso vom Haufen. Auf dem festen Kellerboden hatte er keine Mühe, die beiden Beine abzutrennen, zwischen denen er so oft gelegen hatte. Wehmut durchströmte ihn neuerlich, er brauchte noch einen Schluck, einen letzten. Dann warf er die geleerte Flasche in eine Ecke, wo sie zersplitterte.

Mensch, Hanna, warum warst du so bescheuert und musstest zu uns in die Wohnung kommen? Ohne Ruth hätten wir das doch klären können. Irgendwie.

Den Kopf noch. Er schaute in Hannas Gesicht, das aussah, als schliefe sie. Einige Locken waren ihr in die Stirn gefallen. Krüger starrte sie an, als hoffte er, sie würde die Augen öffnen und auch den Mund, den er so oft geküsst hatte, und dann flüstern, wie sie es immer tat, wenn sie beieinander waren: »Ich liebe dich.« Er zögerte. Das Beil, bereits zum Hieb erhoben, glitt aus seinen Händen und fiel zu Boden. Nein, den Kopf nicht. Irgendetwas sperrte sich in ihm dagegen. Er war doch kein Henker.

Nach einer Weile begann er, die Kohleklumpen mit den bloßen Händen beiseite zu räumen und eine Art Grube auszuheben. Dahinein rollte er den arm- und beinlosen Torso. Auf Hannas Körper legte er die abgetrennten Gliedmaßen. Zum Schluss warf Krüger wirr und wahllos Brocken auf die Leiche. Und das ziemlich schnell. Er wollte plötzlich so rasch wie möglich weg hier, keine Sekunde länger mochte er mit der Toten in der Kellergruft allein verweilen. Er brauchte frische Luft zum Atmen, denn es schnürte ihm der Gedanke die Brust, dass er Hanna getötet hatte. Der alkoholische Nebel, der sein Hirn umwölkte, begann sich langsam zu lichten.

Er floh aus dem Keller, nachdem er das Vorhängeschloss zugedrückt und das Licht gelöscht hatte, und stolperte die

Treppe hinauf. Nur weg hier. Keine zehn Pferde hielten ihn mehr da unten.

Ruth machte sich im Bad zu schaffen. Sie scheuerte die Wanne mit ATA, doch die war schlohweiß und ohne jeden verräterischen Hinweis. Sie putzte und scheuerte, als könnte sie damit die Tat ungeschehen machen.

»Heiz den Badeofen an«, sagte Krüger, »ich muss ein Bad nehmen, ich habe morgen Termin in Berlin.«

»Du willst in dieser Wanne baden?«

»Na, wo denn sonst? Haben wir noch eine zweite?«

Ruth schüttelte den Kopf. »Ich könnte das nicht. Da hat sie doch drin gelegen.«

»Ja, und? Willst du künftig, wenn du über den Teppich im Wohnzimmer läufst, jedes Mal ausrufen: O mein Gott, hier ist sie gestorben? Und wenn du auf der Kloschüssel hockst, siehst du dann ihren Geist über der Wanne schweben?« Krüger scheint inzwischen völlig nüchtern, er kann wieder klar denken. Und die Logik sagt ihm, dass spätestens in zwei Tagen Blumbachs nach Hanna schicken werden, wenn ihre Angestellte nicht zur Arbeit erscheint. Dann werden sie, wenn die Mansarde versperrt ist, bei Frau Schmidt nachfragen, ob ihre Tochter bei ihr sei.

Also muss er dafür sorgen, dass keine Fragen auftauchen.

Am nächsten Tag kaufte er in Westberlin zwei bunte Ansichtskarten vom Ku'damm, adressierte sie an Albert und Emma Blumbach und Helga Schmidt. Irgendwann, als er und Hanna noch ein Herz und eine Seele waren, hatte er die beiden Anschriften notiert. Er warf die Karten am Bahnhof Zoo ein und fuhr mit seinem Lieferwagen zurück nach Görlitz.

Zwei Tage später traf dort die Post ein. Hanna sandte beste Grüße und bat um Verständnis, dass sie sich mit Hans, ihrem Verlobten, in den Westen abgesetzt habe. Sie wolle hinaus in die Welt und nicht am Arsch der Welt, der Görlitz heiße, verkümmern.

Blumbergs stutzten wie auch ihre Mutter, denn Hanna war kein Mensch spontaner Entschlüsse, und noch nie hatte sie von ihrem Wunsch berichtet, die Welt zu erobern. Görlitz schien ihr groß genug, der ferne Winkel an der Grenze war ihr Heimat. Und schließlich: Wer war dieser Hans, den sie ihren Verlobten nannte? Von einem Freund hörte man nie, erst recht nicht von einem Verlobten.

Und die Mutter schließlich war auch von der Schrift überrascht: Die war krakelig und lief in alle Richtungen. Hanna hatte eine schöne, geschwungene Mädchenhandschrift. Sie musste, wenn sie denn wirklich die Absenderin war, woran die Mutter nicht zweifeln mochte, die Karte entweder auf Knien in der ratternden S-Bahn oder nicht ganz nüchtern geschrieben haben. Beide Erklärungen, die sie sich selbst gab, waren plausibel.

»Herr Müller, Herr Müller, da liegt ein Bein im Keller.« Die beiden Halaschke-Bengels aus dem dritten Stock kriegen sich nicht mehr ein. Sie trippeln und recken die Arme wie in der Schule.

Der Bäcker, der dem energischen Klopfen an der Backstubentür zum Hausflur nachgegeben hatte, tippt sich an die Stirn. »Jungs, erzählt das dem Weihnachtsmann oder eurem Vater, veralbern kann ich mich selber.«

Das hätten sie dem Vati schon längst erzählt, wenn er denn daheim wäre. So hielten sie sich eben an ihn, sie wüssten sonst nicht, wem sie von ihrer Entdeckung berichten sollten. Ob er mal schauen könne? Bäcker Müller versucht den Gegenangriff, denn Lust, in den Keller zu steigen, um dann »April, April!« zu hören oder Opfer eines Streichs zu werden, verspürt er nicht. »Was habt ihr überhaupt dort verloren, der Keller ist kein Kinderspielplatz. Ich habe euch schon mal erwischt bei Doktorspielchen mit der Marie aus der Nachbarschaft und es euch verboten.«

Die beiden Halbwüchsigen werden puterrot und senken

die Blicke zu Boden. Doch die Scham währt nur Bruchteile von Sekunden, sie geben einfach keine Ruhe. »Kommen Sie nun, bitte!«

Müller lässt sich erweichen, obwohl er der festen Überzeugung ist, dass die Jungs garantiert einem Irrtum aufsitzen, wenn sie ihn denn nicht veralbern wollen. Denn bisher sind sie nie unangenehm aufgefallen, die beiden Jungs sind ruhig und höflich, wie man sich Kinder eben wünscht.

Die Halaschke-Brüder stürmen voran, der Bäcker folgt ihnen. Bedächtig setzt er Fuß vor Fuß, die Funzel an der Wand wirft nur wenig Licht auf die Steintreppe. Da rutscht man schnell aus und schlägt lang hin, wenn man nicht Acht gibt. Vor dem Krieg ist die Frau Runge, Gott hab sie selig, schwer gestürzt, von dem Oberschenkelhalsbruch hat sie sich damals nicht wieder erholt. Das muss nicht sein. Müller bekommt seine Kohlen auf den Hof gekippt, er braucht keinen Keller und ist darum höchst selten hier unten.

Stufe um Stufe steigt er hinab. Die abgestandene Luft hier unten riecht muffig und modrig, kein Vergleich mit der Backstube. Er atmet tief durch die Nase und registriert wieder diese süßliche Note, die seine Kunden schon wiederholt moniert haben. Naja, denkt er, in diesen lausigen Zeiten krepieren selbst die Ratten vor Hunger, hier ist einfach nichts zu holen.

»Nicht so hastig, Jungs«, ruft er ins Dunkel, »ein alter Mann ist kein D-Zug.« Er tastet sich an der Wand entlang, irgendwo, so erinnert er sich schwach, war hier auch ein Lichtschalter. Ah, da ist er. Er knipst das Licht an, vor sich ist der Hauptgang, von dem die einzelnen Kellerräume abgehen. Die beiden Jungen sind bereits am Ende des Ganges.

Müller geht auf sie zu und folgt ihrem Fingerzeig, nachdem er zu ihnen aufgeschlossen hat. Er versucht, mit seinem Blick das Dunkel zu durchdringen, erst langsam nimmt er einen Kohlehaufen wahr, einen Hackklotz mit Beil, ein leeres Regal.

»Ich sehe nichts«, sagt er und will sich verärgert zum Gehen wenden, als der eine Halaschke ihn am Ärmel reißt. »Sehen Sie nicht den hellen Fleck da links unten?«

»Wo?«

Der Junge steckt den Arm durch die Lattentür. »Dort«, sagt er.

Müller peilt über Kimme und Korn. Tatsächlich, die Verlängerung des Zeigefingers trifft auf etwas, das nicht wie Kohle aussieht. Doch Müller merkt auch, dass langsam eine Brille fällig wird. Er sieht alles unscharf. Müller kneift die Augen zu, die Lider lassen nur einen schmalen Schlitz frei. Da könnte was sein, das wie ein Fuß aussieht, aber deutlich erkennen kann er es nicht, obwohl er kneistert. Allerdings, das will er zugestehen, hier ist der Verwesungsgeruch – wenn es sich denn um einen solchen handelt – besonders intensiv, aber die Wahrscheinlichkeit besonders gering, dass ausgerechnet in diesem Teil des Kellers besonders viele Ratten verreckten. Braunkohle fressen die nicht, und Gift auszulegen ist darum auch nicht erforderlich. Müller schwankt. Soll er die Polizei informieren? Das ist der Keller von Krüger. Wenn die Polizei auf seine Veranlassung das Schloss knackt, und da ist nichts, bricht mehr als nur ein Donnerwetter über ihn herein. Er mag sich nicht die Folgen ausmalen. Das Großmaul Krüger hat ihn schon mehr als ein Mal gerüffelt, der weiß, wo Barthel den Most holt, mit dem will er sich nicht anlegen.

Auf der anderen Seite: Müller will endlich wissen, was die Ursache des infernalischen Gestanks ist, der seit Wochen durchs Haus zieht. Vielleicht hat er seinen Ursprung wirklich im Kohlenhaufen? Und wenn er jetzt nach oben ginge und fragte? Krüger ist wieder unterwegs, seit Tagen schon ist der Platz auf dem Hof frei, wo sonst der Wagen steht. Und Madame hat er geraume Zeit auch nicht gesehen. Es heißt, sie sei zur Kur. Da muss man es nicht auf den Versuch ankommen lassen.

»Jungs, ich kenne einen bei der Kriminalpolizei, den werde ich mal anrufen. Der soll mal nach dem Rechten schauen. Aber ihr bleibt auf keinen Fall hier unten, ihr kommt mit hoch. Und wenn es zutrifft, was ihr behauptet, gibt es eine Zuckerschnecke zur Belohnung.«

Müller schiebt die beiden Jungs vor sich her. Sie flitzen die Treppe hinauf und erwarten ihn vorm Eingang in die Backstube. Der Bäcker öffnet die Tür, sagt, sie sollen nach vorn in den Laden gehen.

Müller ist einer der wenigen in der Straße, die ein Telefon besitzen. Die Anlage stammt noch aus der Zeit vorm Kriege und ist an ihre Grenzen gekommen, als die neuen Behörden und staatlichen Einrichtungen ihre Anschlüsse erhielten. Der Wasserkopf hat viele Ohren, und die normalen Menschen haben das Nachsehen. Seinen Telefonanschluss hat Müller seit den 20er Jahren, den konnte man ihm nicht wegnehmen. Außerdem muss er erreichbar sein, wenn Mehl geliefert wird und so. Damals, als die Russen noch das Sagen hatten, riefen sie oft an und bestellten kurzfristig Brot in Mengen, dass er mit dem Backen nicht nachkam. Dann wusste er, dass das Soldatenbrot mal wieder besonders klitschig gewesen war. Das passierte immer dann, wenn es nicht lange genug im Ofen war. Der Teig war nicht gut geknetet und die Temperatur zu hoch. Wenn die Kruste dann braun wurde, rissen die Genossen Bäcker die Brotkästen aus dem Ofen, damit die Brote nicht verbrannten, und dann erwies sich, dass der Inhalt feucht und ungenießbar war. Manchmal lag es aber auch an einer zu niedrigen Backtemperatur, je nach dem. In solchen oder anderen Fällen rief die Kommandantur an: Wir bringen zwei Sack Mehl und brauchen 100 Brote, dawai, dawai.

Dann stand das Rührwerk nicht still, wurden die Teiglinge wie am Fließband in die Formen gegeben und in den Backofen eingeschossen. Aus einem Kilo Mehl machte Müller mit 850 Millilitern Wasser und 30 Gramm Salz locker ein Dreipfundbrot und einen guten Schnitt. Er hatte immer etwas Sauerteig stehen, den er zusetzen musste, den Rest besorgte die Zeit. Das waren wilde Jahre, an die er sich gern erinnert.

Das Telefon steht in dem Raum zwischen Laden und Backstube. Dort macht seine Frau die Buchhaltung, und sie essen auch dort. Momentan hat Müller keinen Gesellen, nur einen Lehrling. Er sitzt, wie es sich gehört, mit an diesem Tisch. Nur in die Wohnung, in die man durch eine dritte Tür gelangt, darf er nicht. Da ist Müller ganz eigen. Das ist sein Reich, da haben Angestellte nichts verloren.

Er langt sich das Ding aus schwarzem Bakelit und zieht die Leitung lang. Dann wählt er mit der Scheibe 110. Es meldete sich eine forsche Stimme. Er möchte mal den Herrn Wengler von der K sprechen, sagt Müller, und wird sofort belehrt, dass es sich hier um den Polizeinotruf handele und keineswegs um eine private Vermittlungsstelle.

Er rufe ja nicht aus privaten, sondern aus einem öffentlichen Grunde an, gibt Müller zurück, und macht dann etwas, was ihm eigentlich fremd und zuwider ist: Er stapelt hoch. Möglicherweise handele es sich um Mord, ruft er in die Muschel, worauf vom anderen Ende ein erleichtertes »Ach so« kommt und die Ansage, dass man verbinde.

»Wengler«, sagt nach einigem Knacken und Knistern eine Stimme, und Müller erkundigt sich vorsichtig: »Paul, bist du es?«

»Wer denn sonst«, sagt daraufhin die knarzende Stimme. Und fragt zurück: »Werner?«

»Ja, hier Werner Müller«, sagt Müller. »Hast du mal drei Minuten?«

»Für dich doch immer. Gibt es ein Problem?«

Nun schildert ihm der Bäcker die Sache in aller Ausführlichkeit, soweit ihm bekannt, und schließt auch noch seine Furcht an, dass er mit Krüger Ärger kriegen könne, erwiese sich der Verdacht als gänzlich unbegründet. Den Ärger wünsche er nicht.

Das solle ihn mal nicht kümmern, beruhigt ihn Wengler, der alte Freund und Kupferstecher, welcher schon in der Weimarer Zeit Verbrecher jagte und als Sozi von den Nazis aus dem Polizeidienst entlassen worden war. Die neue Ordnung stellte ihn wieder ein, auf loyale Fachleute konnte und wollte sie nicht verzichten. Wengler sagt, die Polizei gehe jedem Hinweis aus der Bevölkerung nach, auch denen von aufgeschreckten Kindern, die aus einem Kohlenhaufen ein Bein haben ragen sehen.

»Ich komme gleich vorbei und brauche dich als Zeugen, wenn ich im Keller das Vorhängeschloss knacke.«

Nach einer halben Stunde hält der schwarze EMW vor dem Bäckerladen. Auf den Stufen hocken die Halaschke-Jungs und knabbern genüsslich an ihrer Zuckerschnecke. In der Eiseskälte warteten sie auf die Polizei, deren Eintreffen der Bäcker angekündigt hatte. Sie sind ein wenig enttäuscht, als ein kleiner dicker Mann ohne Uniform vom Beifahrersitz auf die Straße hüpft. Ist der wirklich von der Polizei?

»Na, Jungs«, sagt Wengler, »warum seid ihr nicht in der Schule?«

»Weil Ferien sind«, tröten die beiden unisono.

»Ferien?«

»Ja, Winterferien.«

»Aha. Und: wie waren die Zeugnisse?« Wengler erinnert sich schwach, dass es vor den Februar-Ferien Halbjahreszeugnisse gab. Er selbst hatte nie Kinder, Schule war darum kein Thema, das ihn jemals ernsthaft beschäftigt hätte.

»Und ihr habt was im Keller gefunden?«

Die Jungs nicken und springen auf.

»Spinnt ihr auch nicht?«

»Großes Pionierehrenwort.«

»Na, dann kommt mal. Wo ist denn Herr Müller?«

»In der Backstube. Er hat gesagt, wir sollen daußen auf Sie warten und Bescheid geben. Aber«, der Junge zögert, »sind Sie auch wirklich von der Polizei?«

»Warum zweifelst du?«

»Sie haben keine Uniform.«

»Ich bin ja auch kein Verkehrspolizist.« Wengler lacht, sein Bauch tanzt auf und nieder. »Außerdem gab es keine Uniform in meiner Größe.«

Die Jungs kichern.

Müller erscheint in der Tür. Der kalte Wind fährt ihm unter das blau karierte Handtuch, das er sich vor den Leib gebunden hat. Die Beine stecken in dünnem, hellblauem Drillich, die Arme ragen nackt aus dem weißen Unterhemd. »Komm rein, sonst hol ich mir den Tod.«

Wengler glaubt, eine Anspielung auf den Anlass seines Hierseins zu erkennen, und sagt nur: »Nana.« Dann folgt er den Jungs und dem Bäcker, dem er im Vorübergehen die Hand zum Gruße gereicht hat, in den Keller.

Wengler trägt eine riesige Stabtaschenlampe, die bei den Jungs Bewunderung auslöst. Da müssten doch mindestens fünf Batterien drin stecken, sagt der eine anerkennend. Sechs, sagt stolz der Kriminalkommissar und schaltet zur Demonstration die Dienstlampe an. Ein heller Strahl bohrt sich ins Kellerdunkel. Die Jungs sind begeistert.

»Leuchte mal lieber auf die Treppe«, fordert der Bäcker, »hier sind schon einige auf die Nase gefallen.«

Am Ende des Kellerganges trampeln die beiden Jungen bereits aufgeregt und strecken die Arme durch den Lattenrost. Paul Wengler führt seinen Lichtstrahl gleichfalls hindurch. Er schwenkt nur kurz über den Kohlenhaufen und hat etwas Helles im Fokus. »Na, das ist doch schon was«, meint er und wühlt in seiner Jacketttasche, aus der er sogleich einen Dietrich zutage fördert. Damit öffnet er das Vorhängeschloss in wenigen Sekunden. Die Tür ist auf.

»Jungs, ihr bleibt hier stehen. Das ist ein Tatort«, erklärt er verschwörerisch. »Den darf nur die Polizei betreten. Auch Herr Müller darf nicht mit hinein.«

Die beiden Schüler maulen pflichtschuldig, Müller hebt

abwehrend die Hände, als wolle er überhaupt nicht sehen, was dort möglicherweise liegt.

Der Kriminalkommissar tritt an den Kohlenberg. Ihm ist sofort klar, dass das ein menschlicher Fuß ist, auch wenn die Verwesung merklich vorangeschritten ist. Er rollt Kohlebrocken beiseite, um das Bein freizulegen. Faulig-süßer Verwesungsgeruch schlägt ihm entgegen. Dann dringt er zu dem Torso vor, von dem die Extremitäten abgetrennt wurden. Die beiden Arme und ein Bein fehlen, zumindest sind sie auf den ersten Blick nicht zwischen den Kohleklumpen zu entdecken.

Wengler hat schon manches gesehen, besonders im Krieg: abgerissene Gliedmaßen, zerschmetterte Köpfe, aufgeplatzte Bäuche … Aber es gibt Bilder, an die er sich nie gewöhnen wird. Stets provozieren sie aufs Neue Übelkeit.

Er stakst zum Ausgang, dort, wo Müller und die beiden Jungen warten, und sperrt hinter sich die Tür zu. »Ich muss mal bei dir telefonieren.«

Nach etwa einer Stunde herrscht großer Auflauf. Als die vielen schwarzen Limousinen und der Krankenwagen vor der Bäckerei hielten, trieb die Neugier viele Nachbarn auf die Straße. Noch immer eilen weitere Passanten hinzu. Volkspolizisten müssen sie auf Distanz halten.

Unten im Keller verschaffen sich die Kriminalisten, Ärzte und der Staatsanwalt ein Bild. Blitzlicht flammt auf, der Leichentorso wird freigelegt. Außer dem Fuß, den die beiden Jungs aus dem Haus zufällig entdeckten, finden sie nichts weiter. Es fehlen die beiden Arme und das zweite Bein.

»Wem gehört der Keller?«, erkundigt sich kopfschüttelnd der Staatsanwalt durch das Taschentuch, welches er schützend vor Mund und Nase hält.

»Einem Ehepaar Krüger aus dem zweiten Stock.«

»Und?«

»Die Frau sei seit Wochen zur Kur, aber wo, das weiß niemand«, antwortet Wengler, »und der Mann käme niemals vor 18 Uhr nach Hause, sagen die Nachbarn.«

»Was macht der? Ist der auf Arbeit erreichbar?«

Wengler schüttelt den Kopf. »Freier Unternehmer«, und das klingt wie Halsabschneider und asozial. Für den Kriminalkommissar ist der Kellerbesitzer dringend tatverdächtig, denn es ist doch außerhalb der Logik, dass ein anderer eine Leiche in einem fremden Kohlenhaufen vergräbt, und das mitten im Winter. Spätestens am Folgetag wäre die Tote gefunden worden. Der Kellerbesitzer hätte Alarm geschlagen, die Polizei ermittelt, wer Zugang zum Keller hat und wer die Leiche ist … Aus die Maus.

Und wieder meldet sich der Staatsanwalt. »Weiß man schon, wer die Frau ist?«

Erneut muss Wengler die Antwort schuldig bleiben. Er weiß nur, dass er in den letzten Monaten keine Vermisstenanzeige auf den Tisch bekam. Niemand hatte sich auf der Polizei nach dem Verbleib einer Frau erkundigt, kein Nachbar die Nachbarin vermisst, keine Mutter ihre Tochter als abgängig gemeldet. Nichts.

Und sie können nicht einmal das Bild in der Zeitung veröffentlichen, was man immer tat, wenn man die Identität einer toten Person nicht ermittelte. Die Verwesung hat das Gesicht der Leiche inzwischen derart aufgelöst, das kaum Konturen erkennbar sind. Trotz der vergleichsweise niedrigen Temperatur ist der Auflösungsprozess weit fortgeschritten. Wengler ist lange genug im Beruf, um die Phasen zu kennen, die nach dem Eintritt des Todes ablaufen. Schon bald vermehren sich die in den Därmen befindlichen Bakterien und überschwemmen den ganzen Körper. Erst färbt sich der Bauch grün, dann Venen und Adern, in denen das Blut zersetzt wird. Nach einer Woche sieht der Leichnam aus wie marmoriert. Die Bakterien bilden bei ihrem Stoffwechsel Gase, die die Innereien und andere Weichteile aufquellen lassen, nach wenigen Wochen beginnt sich das Gewebe zu verflüssigen. Nach ein bis zwei Jahren sind nur noch Knochen, Haare, Fingernägel und Sehnen übrig. Wengler hat Wasserleichen gesehen und sogenannte Wachsleichen – Tote, die in feuchter Erde eine seifenartige Substanz ausscheiden und darum nicht verrotten. Wasser verlangsamt ohnehin den Auflösungsprozess erheblich. Ein an der Luft liegender toter Körper verwest etwa doppelt so schnell wie ein im Wasser liegender und viermal so schnell wie ein begrabener. Wengler kannte sich damit besser aus als mancher Pathologe.

»Die Gerichtsmedizin soll die Leiche untersuchen«, sagte der Staatsanwalt. »Und wir schauen uns die Wohnung an. Den Durchsuchungsbeschluss fertige ich aus, wenn ich wieder im Amt bin.«

»Wenn Sie meinen, Herr Staatsanwalt.«

»Ja, ich meine. Die Beweismittelsicherung hat Vorrang vor allem anderen. Haben Sie Ihr Besteck bei?«

Wengler klopft auf seine Jacketttasche. Und während sie zur zweiten Etage hinaufsteigen, wickeln die Sanitäter die Leichenteile in Tücher, tragen sie zum Wagen und fahren sie in die Pathologie des Kreiskrankenhauses. Dort ist man bereits informiert.

Die Wohnungstür der Krügers ist ohne Mühe zu öffnen. Ein einfaches Kastenschloss, kein Problem für den Kommissar. Auf den ersten Blick ist nichts Auffälliges zu sehen, Möbel und Ausstattung gleichen denen, die man seit zwanzig, dreißig Jahren in deutschen Wohnungen antrifft. Dunkle Eiche, schwere Vorhänge, dicke Teppiche, Ledersessel mit Rauchtisch, Stehlampe mit Schirm aus gefaltetem Pergament, röhrender Hirsch in Öl an der Wand … Bürgerliche Behaglichkeit.

»Kommen Sie mal, Herr Kommissar«, ruft einer der Polizisten und reißt Wengler aus seine Gedanken. Der Uniformierte steht auf dem Flur vor einer geöffneten Tür. Wengler erfasst alles auf einen Blick und mit seiner Nase. Es riecht wie Weihnachten unterm Tannenbauch, nur viel kräftiger. Schokolade, Kaffee, Tabak, Flaschenbatterien von 4711 Eau de Cologne, Seife, Waschpulver, Ölsardinen, Backpulver,

Trockenerbsen, alles Dinge, die es nicht in der HO, wohl aber im Westen gibt. Und erheblich mehr, als ein Zwei-Personen-Haushalt zum Leben benötigt.

»Ein Warenlager, Herr Staatsanwalt«, sagt Wengler, »das reicht.«

»Nö«, belehrt ihn der korrekte Staatsanwalt. »Das reicht nicht. Der Besitz von Westwaren ist nicht strafbar. Erst wenn wir nachweisen, dass der Erwerb nicht nach Recht und Gesetz erfolgte und illegal damit gehandelt wurde, können wir vorgehen. Aber wir suchen ja einen Mörder und keinen Lebensmittelschieber.«

Wengler schüttelt den Kopf. »Wenn Krüger – entgegen meiner Überzeugung – nicht die Frau im Keller auf dem Gewissen hat, dann haben wir immerhin einen Schmuggler gefasst, das ist ja wohl sicher.«

Er geht zum Kachelofen und schraubt die kalte Ofenklappe auf. Befriedigt pfeift er durch die Zähne, als er feststellt, dass der Aschekasten noch voll ist. Er hält nach einer Zeitung Ausschau und breitet sie vor dem Ofenloch aus. Obgleich er vorsichtig den Kasten leert, wirbelt dennoch Staub auf. Mit dem Feuerhaken zerteilt Wengler den Haufen.

»Wonach suchen Sie?«

»Nach Knochensplittern.«

»Wieso dass denn?«

»Wir vermissen ein Bein und zwei Arme.«

»Und Sie glauben …?«

»Ich würde das nicht ausschließen wollen.«

Wengler stochert in der Asche, als suche er eine Nadel im Heuhaufen. »Nichts«, sagt er nach einer Weile enttäuscht und stellt das Werkzeug wieder an seinen alten Platz. »Wäre auch zu schön gewesen.«

»Ich bitte Sie«, sagt der Staatsanwalt amüsiert. »Was schlagen Sie vor?«

»Wir versiegeln die Wohnung und lassen zwei Polizisten im Haus, die Krüger in Empfang nehmen.«

»Vorläufige Festnahme und Vorführung im Präsidium. Ich will an der Vernehmung teilnehmen.«

»Das machen Sie doch sonst nie.« Wengler ist erstaunt. Der Staatsanwalt beteiligt sich doch sonst nicht an den Ermittlungen. Er begnügt sich mit den Protokollen und Akten, dann erhebt er Anklage oder auch nicht. Warum diese Anteilnahme?

»Sie werden zugeben, Herr Kommissar, dass wir einen solch bizarren Fall noch nie hatten.«

»Nehmen Sie es mir bitte nicht übel: Früher sagte man, dem kratzt der Hals.«

Der Staatsanwalt lacht hell auf. Auch er weiß von Wehrmachtsoffizieren, die scharf aufs Ritterkreuz waren, und da dies am Band hing, sagten die Soldaten, die für die Auszeichnung ihres Vorgesetzten das Leben riskierten: dem juckt der Hals. »Da liegen Sie daneben, mein lieber Wengler. Ich will weder Beifall einfahren noch befördert werden. Mich interessiert die Sache um ihrer selbst willen. Ich will wissen, was das für ein Mensch ist, der so abgebrüht ist, eine Tote zu zerstückeln. Das ist doch kein einfacher Mord. Das ging doch weiter.«

Anderntags sitzt Franz Krüger im Polizeipräsidium, er war bei seiner Rückkehr verhaftet worden. Paul Wengler verhört, der Staatsanwalt wohnt der Vernehmung bei. Es ist früher Nachmittag, der Befund aus der Pathologie liegt bereits vor. Man habe es mit einer weiblichen Person im Alter zwischen 20 und 30 Jahren zu tun, im vierten Monat schwanger. Als Todesursache war Erwürgen angegeben, der Messerstich sei nicht todesursächlich gewesen.

Dann der übliche medizinische Zustandsbericht: Haut schmutziggrün bis braunrot verfärbt, die Oberhaut zum Teil in Fetzen gelöst, faulige Flüssigkeit in den Körperhöhlen, vermischt mit verflüssigtem Körperfett …

Wengler hat diese Seiten nur diagonal gelesen. Diese medizinische Beschreibung, so richtig und notwendig sie auch ist, widert ihn stets an. Ein Mensch wird dadurch zur Sache. Natürlich: Wir alle sind letztlich nur eine Zusammenballung von Wasser, Proteinen, Fetten, Mineralen und anorganischen Stoffen, Materie eben, die sich nach Liter und Kilo berechnen lässt. Die Buchhalter des Todes errechneten zuvor jedes Gramm, das quer durch Europa in die Gaskammern der faschistischen Vernichtungslager befördert wurde, und wie viel davon am Ende als Asche übrig blieb. Dennoch: Jeder Mensch war mehr als nur Haut und Knochen, Blut und Wasser. Die Kirche, der Wengler nicht angehört, spricht von der »Krone der Schöpfung«; für ihn ist jedes Individuum etwas Besonderes, einzigartig nach Charakter, Begabung und Eigenschaften, egal, ob nun Opfer oder Täter oder unbescholtener Bürger.

Wengler liest sich an der Stelle des medizinisches Berichtes fest, wo es heißt, dass die Gliedmaßen gewaltsam vom Rumpf getrennt worden seien, vermutlich mit einer Axt oder einem vergleichbaren Werkzeug. Was heißt »vergleichbares Werkzeug«? Das Beil hat Wengler im Keller sichergestellt. Der, der es benutzte, hatte nicht einmal die rostige Wange gesäubert, Schneide und Bart trugen erkennbar Blutspuren.

Krüger schweigt.

Wengler kommt gleich zur Sache.

»Wer ist die Tote in Ihrem Keller?«

Franz Krüger schaut an ihm vorbei und fixiert einen Punkt an der gegenüberliegenden Wand.

»Wer ist die Frau?«

Krügers Lippen bleiben verschlossen.

»Ihre Frau sitzt seit gestern in Untersuchungshaft. Sie hat gestanden.« Wengler blufft. Er weiß nicht einmal, wo sich Ruth Krüger befindet. Doch er bemerkt ein leichtes Zucken im Gesicht von Krüger. Er hat ihn getroffen. Nun muss er nachsetzen.

»Sie hat Sie belastet.«

Die Bewegung in Krüger nimmt merklich zu. Doch er schweigt weiter.

»Der Herr Staatsanwalt würde Ihr Geständnis als freiwillig bezeichnen, was möglicherweise vom Gericht als strafmildernd berücksichtigt werden könnte.«

Wengler weiß, dass das Quatsch ist. Mord bleibt Mord, da sind die Preise klar bestimmt. Totschlag im Affekt oder dergleichen, Schuldunfähigkeit aufgrund geistiger Verfasstheit, gut, das sind Ausnahmen. Da gibt es nicht die »volle Kelle«. Doch Krüger vermittelt weder den Eindruck eines geistig Verwirrten noch dass er im Affekt gehandelt habe. Wer die Extremitäten entfernte, tat dies mit Überlegung.

»Wo sind die Arme und das Bein?«

Die Lider verdecken Krügers Augen. Nach unendlich langer Zeit öffnen sie sich wieder. Als hätte Krüger nach innen geblickt und sich betrachtet. Was hat er gesehen? Den Abgrund?

»Verbrannt.«

Wengler sieht sich am Ziel. Er hat gewonnen. Krüger redet. Der Staatsanwalt auf seinem Stuhl atmet erleichtert auf. Kein Indizienbeweis. Ein Geständnis. Das erleichtert alles.

Das Landgericht in Dresden verurteilt Franz Krüger zu einer lebenslangen Haftstrafe. Den längsten Teil dieser fünfzehn Jahre verbringt er in der Strafanstalt Spremberg im Neudorfer Weg, heute JVA Schwarze Pumpe. Nach seiner Entlassung wurde Krüger eine Tätigkeit in einem volkseigenen Betrieb zugewiesen, zumal ihm der Mauerbau 1961 die Rückkehr zu seiner früheren Tätigkeit unmöglich gemacht hatte.

Seine Frau Ruth Krüger erhält wegen Beihilfe zum Mord zehn Jahre. Die Verteidigung legt gegen das Urteil Revision ein, mit der sie aber scheitert. Während der Haft erlernt Ruth Krüger einen Facharbeiterberuf, den sie nach ihrer Entlassung in einem volkseigenen Maschinenbaubetrieb ausübt.

Die Ehe wird während der Haft geschieden.

»Onkel, warum zitterst du so?«

Schmatzend schlürft das Saugrohr den letzten Tropfen aus dem Modder. Dann verstummt die Motorpumpe. Der Tümpel ist leer. Hauptmann Wenzel winkt den Feuerwehrleuten zu, die bereits seit geraumer Zeit in Gummistiefeln am Ufer auf sein Zeichen warten, dann waten sie los. Seit Jahren schon wird die Park- und Gartenanlage nicht sehr intensiv gepflegt. Sie war in den 20er Jahren zu Füßen des Krematoriums angelegt worden, der damalige Gartenbaudirektor Heinrich Diekmann hatte sich am und auf dem Ölberg verwirklicht und damit ein Denkmal gesetzt. Zur Grünanlage mit den verschiedenen Gehölzen und der Obstplantage gehört auch dieser Teich im Ölbergpark.

Wenzel fingert sich eine F6 aus der Schachtel, es ist die letzte. Verärgert knüllt er die Schachtel zusammen und wirft sie ins Gebüsch. Seit Monaten erhebt er sich an jedem Morgen hustend aus dem Bett mit dem Schwur, endlich mit dem Rauchen aufzuhören. Doch immer finden sich tagsüber Gründe, diese Absicht auszusetzen. Auch jetzt wieder. Wenzel sucht eine Elfjährige. Seit zwei Wochen ist diese Roswitha Buder wie vom Erdboden verschluckt. Weg, einfach weg. Die Eltern hatten sie am 21. Juli als vermisst gemeldet, weil sie am Abend zuvor nicht nach Hause gekommen war. Auf dem VPKA hatte man, wie üblich, die Anzeige aufgenommen und die aufgelöste Mutter und ihren Mann mit dem Trost nach Hause geschickt, Roswitha werde sich ganz gewiss wieder einfinden. Sie sei vielleicht über Nacht bei einer Freundin geblieben oder bei Bekannten. Die Genossen hatten eben das gesagt, was sie in solchen Fällen immer zu sagen pflegten, und damit dem Widerspruch der Eltern – »Das hat sie noch nie gemacht!« – die Spitze genommen.

Irgendwann gäbe es immer ein »erstes Mal«. Der erste Kuss, der erste Freund … Was hätten sie auch sonst sagen sollen? In Görlitz verschwindet kein Mensch, hier doch nicht. Mitten in der Zivilisation und am Rande der DDR, wo bekanntlich Ordnung und Sicherheit herrschten. Schön, mit elf küsst man noch nicht, und von einem Freund träumen Mädchen dieses Alters allenfalls, doch keine Regel ohne Ausnahme.

Wenzel zündet sich die Zigarette mit seinem Benzinfeuerzeug an. Es liegt schwer in seiner Hand. Nachdenklich betrachtete er die Gravur, als sehe er sie zum ersten Male. »Dem Sieger im 100-Meter-Lauf bei den Bezirksmeisterschaften der Volkspolizei«, steht dort unter dem VP-Emblem. Wenzel muss jedes Mal grinsen, wenn er diese Widmung liest. Sie war auch zu komisch. Wozu benutzt ein Mann ein Feuerzeug? Natürlich. Rauchen aber ist einem Sprinter so zuträglich wie ein Eisbein einem Mannequin. Oder so ähnlich. Er versenkt den Flammenwerfer in seiner Sakko-Tasche. Ist ja eh schon Geschichte.

Die Männer staksen tastend durch den pampigen Grund. Wenn sie sich bücken, schlägt Wenzels Herz schneller. Aber der Blutdruck hat kaum Gelegenheit zu steigen. Mit jedem rostigen Kochtopf, den die Feuerwehrleute heben, mit jedem Fahrradteil und altem Schuh, welchen sie auf die Wiese werfen, fällt die Erregungskurve sofort. Nein, hier ist nichts. Da ist sich Wenzel sicher. Er war es auch schon zuvor. Doch er will sich nicht nachsagen lassen, er habe alle Hinweise, insbesondere die »von oben«, nicht bedacht.

Seit Tagen schon sind sie auf der Suche. Sie haben keine Spur, nicht einmal eine Vermutung. Das Mädchen bleibt verschwunden. Sie ermitteln, wie es immer heißt, in alle Richtung. Alles ist denkbar. Roswitha kann von zu Hause abgehauen sein, was aber eher unwahrscheinlich ist. Die Eltern haben einen guten Leumund, sind unauffällig. Nachbarn in der Finstertorstraße, Arbeitskollegen, die Lehrer in der Schule – niemand hat bei der Befragung auch nur den Anflug eines Verdachts aufkommen lassen, dem Mädchen hätte es an Zuwendung und Liebe gefehlt. Unter solchen Umständen läuft kein Kind weg.

Die zweite Option ist nicht minder abwegig. Wer entführt hierzulande ein Kind? In kapitalistischen Staaten werden Kinder gekidnappt, um von vermögenden Eltern Lösegeld zu erpressen, aber doch nicht in der DDR! Hier ist nichts zu holen, die Vermögen sind überschaubar. Die Vorstellung einer Entführung gilt nicht nur Wenzel als abstrus.

Er hatte in der Literatur auch schon davon gelesen, dass Frauen bisweilen Säuglinge stahlen, um sich ihren unerfüllten Kinderwunsch zu erfüllen. Aber erstens war Roswitha kein Säugling, und zweitens hatte es auch so etwas bei uns noch nie gegeben. Ohne Angst ließen junge Mütter ihre Kinderwagen unbeaufsichtigt vorm Kaufhaus stehen. Nie wäre eine von ihnen auf die Idee gekommen, dass ihrem Kind etwas widerfahren könnte, während sie einkaufte. Diesbezüglich herrscht ein tiefes Gefühl von Sicherheit vor.

Bleibt also nur die dritte Möglichkeit: Das Mädchen ist einem Gewaltverbrechen zum Opfer gefallen. Doch so lange keine Leiche gefunden ist, bleibt diese Annahme ebenfalls Spekulation.

Natürlich halten die Görlitzer Kriminalisten – nicht zuletzt mit Rücksicht auf die Eltern – die Mordthese unter der Decke. Bekanntlich stirbt die Hoffnung zuletzt, und sie als Ermittler wollen diese keineswegs meucheln. Doch kaum einer, der mit dem Fall befasst ist, glaubt noch daran, Roswitha Buder lebend aufzufinden, wo und unter welchen Umständen auch immer.

Wenzel verfolgt aufmerksam, wie die Feuerwehrleute den Tümpel Stück um Stück entrümpeln. Oben, an der Straße, drängen sich Schaulustige. Polizisten hindern sie daran, an den Teich zu kommen. Jeder ahnt, dass es sich um keine Feuerwehrübung handelt. Dazu ist zu viel Polizei vor Ort.

In Görlitz weiß inzwischen jeder, dass ein Mädchen verschwunden ist. Die Polizei hatte in den Zeitungen Suchmeldungen veröffentlicht, und wer das Landskronecho oder die Sächsische Zeitung nicht hält, hat es durch die Befragungen in der Stadt mitbekommen. Der Buschfunk funktioniert tadellos.

»Nichts«, meldet der Oberbrandmeister, was dem Rang eines Oberleutnants entspricht, und das ist ein Dienstgrad unter Wenzel. Hauptmann der K ist er, und das seit Menschengedenken. Mit Beförderungen hat man es nicht so bei der Kriminalpolizei. Diese sind auch mehr an Planstellen denn an außergewöhnliche Leistungen gebunden. Nicht so wie damals bei der Wehrmacht. Wenzel, seinerzeit ein junger Bursche, war ins Afrika-Corps gesteckt worden, sein Freund wurde Fahrer bei Rommel. Der cholerische Ritterkreuzträger beförderte und degradierte je nach Laune. Sein Freund hatte darum immer zwei Uniformjacken mit unterschiedlichen Schulterstücken im Kofferraum – die eine mit dem Rang über dem aktuellen, die andere eins niedriger. Und was machst du, wenn er dich gleich um zwei Stufen absäbelt und zum Unterfeld macht, hatte Wenzel ihn einmal gefragt, worauf der Oberfeldwebel lachend meinte, dann müsse er eben den Stern mit der Hand entfernen, was auch kein Problem darstelle.

»Nichts«, wiederholt der Oberbrandmeister und hebt die Schulter. »Nur Müll.«

»Naja, wenigstens ist der Teich jetzt wieder sauber«, sagt Wenzel nach einer langen Pause. »Packt ein und rückt ab. Aber nehmt den Schrott mit.«

Der Oberbrandmeister nickt. »Ich will mich ja nicht in deine Arbeit einmischen …« Er blickt mit grauen, gütigen Augen Wenzel forschend ins Gesicht. »Aber hast du wirklich geglaubt, hier eine Leiche zu finden?«

»Natürlich nicht«, schießt es aus Wenzel heraus. »Aber was willst du machen, wenn jeden Morgen der Erste von der Kreisleitung anruft und sich nach dem Stand der Ermittlungen erkundigt, wenn der Bezirk anfragt, die Eltern täglich Rotz und Blasen in deinem Büro heulen. Selbst die Kirche hat sich schon beschwert, weil wir auf dem Nikolaifriedhof … Ach, hör doch auf.« Er greift, sichtlich erregt, in die Jacketttasche und erinnert sich, dass er vor wenigen Minuten die Schachtel weggeworfen hat. »Hast du mal eine Zigarette?«

Nach dem ersten tiefen Zug setzt er fort. »Wir haben doch nun wirklich alles unternommen. Da greifst du doch nach jedem Strohhalm, selbst wenn er keiner ist. Ph.« Wenzel macht eine wegwerfende Handbewegung. »Die Idee, den Teich auszupumpen, kam aus dem Rathaus. Da konnte ich schlecht antworten: Genosse Bürgermeister, der Tümpel liegt mitten in der Stadt und ist überdies so flach, dass du dort nicht mal einen Hund unbemerkt versenken könntest.« Wenzel lacht gequält. »Vielleicht hat er auch nur das bezweckt, was ihr gerade gemacht habt: ihn zu entrümpeln.« Nicht nur ihm geht dieses heimliche Geraune in der Bevölkerung auf den Zünder, auch im Rathaus spürt man den Druck der Öffentlichkeit.

Der Hauptmann kennt die Diskussion, die seit Jahren hinter vorgehaltener Hand in der Stadt geführt wird. In Görlitz, im christlichen Abendland, waren um 1500 die Stätten Jerusalems nachgebildet worden. Man hatte das Heilige Grab errichtet und auf dem gegenüberliegenden Kalvarienberg einen Ölbaum gepflanzt. Weil es dafür jedoch zu kalt war, nahm man damals eine Weide. Unter jenem Ölbaum im Garten Gethsemane hatte laut Bibel Jesus mit seinen Jüngern die letzte Nacht vor Verhaftung und Kreuzigung zugebracht. Die Lunitz, ein kleiner Bach, die zwischen dem Görlitzer Ölberg und dem Heiligen Grab plätscherte, wurde zum Kidron, dem Gewässer im Garten Gethsemane. Vor dem Ersten Weltkrieg errichtete man auf dem Ölberg das Städtische Krematorium und ersetzte die Weide durch einen Spitzahorn. Doch die Anlage darunter verkam zur Müllkippe. Nach dem Weltkrieg hatte die Stadt den Landschaftspark jedoch rekonstruiert, mit »Jüngerwiese« und Rosenterrasse, mit Obstplantagen (für arme Bewohner) und angestauter Lunitz. Die zwei Kilometer von der Krypta der Peterskirche bis zur Heilig-Grab-Anlage wurde als Passionsweg Christi nachgestaltet und das Ganze als Europas ältester religiöser Landschaftspark vermarktet.

In der neuen Zeit allerdings, nach dem Zweiten Weltkrieg, verlor sich das Interesse an derlei Inszenierung, die Nutzung der Obstplantage war vor wenigen Jahren eingestellt worden. Das nahmen die Görlitzer Gläubigen als Indiz für den Kirchenkampf, die gottlose Obrigkeit ließ, hieß es, absichtsvoll alles verkommen.

Der Vorgang trifft gewiss zu, nur ist das unterstellte Motiv unzutreffend. Es wird ja nicht nur diese Grünanlage sträflich vernachlässigt, es geht auch den vielen nicht minder historisch bedeutsamen Gebäuden in der Altstadt so. Die Decke ist einfach zu kurz, unter der sich die Görlitzer Stadtverwaltung streckt. Nicht nur Wenzel kann ein Lied davon singen, er wohnt in einer solchen Bruchbude, in der sich der Schwamm stetig durchs Gebälk frisst, ohne dass etwas dagegen unternommen würde.

Der Bürgermeister wollte sich eventuell nicht nachsagen lassen, er habe dem »Druck« aus Kirchenkreisen nachgegeben und den Teich auf dem Ölberg reinigen lassen, mutmaßt Wenzel.

»Sollen wir die Lunitz wieder fließen lassen?«

Wenzel schreckt aus seinen Gedanken. »Was?«

»Ob wir die Absperrung öffnen sollen?«, wiederholt der Feuerwehrmann.

»Neinnein, ich hab im Wasserwerk Bescheid gesagt, die wollen den Schlamm rauskratzen und aufs Feld fahren. Wenn wir schon solchen Aufwand betreiben, soll es sich auch lohnen.« Wenzel wird den Verdacht nicht los, dass beim Anruf aus dem Rathaus die Suche nach der Kindsleiche nur vorgeschoben war. Innerlich muss Wenzel grinsen, obgleich ihm keineswegs zum Lachen ist. Doch auch wegen solcher Behördentricks liebt er seine DDR. Na schön, sagt er sich, wenn's dem Weltfrieden nützt …

Er wendet sich zum Gehen und winkt seinen Mitarbeitern und Kriminaltechnikern, die sich mit den Feuerwehrleuten lachend unterhalten. Offenkundig werten sie gemeinsam die Fundsachen aus.

Der Trupp trottet dem Chef hinterher. Oben auf der Friedhofstraße haben sie ihre Dienstfahrzeuge stehen. Die Gruppe der Neugierigen hat sich zerstreut.

Die Straße durchschneidet ein gewaltiges Gräber-Areal, bestehend aus Neuem und Altem Friedhof mit einem Urnenhain, in dessen Zentrum sich das Krematorium erhebt. Dem Alten schließt sich der Nikolaifriedhof an, hinter dessen Mauer sich die Finstertorstraße windet. Dort wohnt auch Roswitha Buder. Dem aktuellen Kenntnisstand entsprechend: wohnte.

Auf dem Neuen Friedhof liegen die Weltkriegstoten von 1914/18 und 1939/45, auf einem eigenständigen Gräberfeld »die Griechen«. Über sechstausend griechische Soldaten, ein ganzes Armeekorps, waren im Ersten Weltkrieg im preußischen Görlitz interniert worden. Die Soldaten und Offiziere hätten sich freiwillig in Kriegsgefangenschaft begeben, sagt man, weshalb sie jubelnd von den Görlitzern bei ihrer Ankunft im Sommer 1916 begrüßt worden waren. Im Unterschied zu anderen Kriegsgefangenen – Griechenlands König war der Schwager des deutschen Kaisers – lebten sie offensichtlich wenig bedrängt. Sie öffneten Geschäfte und Restaurants, gaben eine eigene Zeitung heraus und stellten sogar Polizeistreifen. Als sie 1919 in die Heimat zurückkehrten, ließen sie diese 126 Gräber zurück, auch das Grab des Kommandanten Chatzopulos.

Hinter dem Griechenfeld befinden sich die Hoffnungskirche und ein Denkmal, das an sechs Görlitzer erinnert, welche sich im März 1920 dem deutschlandweiten Generalstreik anschlossen. In Berlin hatten Kapp und Lüttwitz geputscht, auch hier verteidigten deutsche Arbeiter die junge Demokratie von Weimar. Das von Wilhelm Faupel geführte »Freikorps Görlitz« ermordete sechs Männer und Frauen der Stadt, deren Namen auf der Denkmalplatte verewigt sind. »Ruhm und Ehre den Kämpfern gegen Kapp und Faupel«, heißt es dort seit 1929. Da wusste man noch nicht, dass Faupel sieben Jahre später von der Hitler-Regierung als Verbindungsmann zum spanischen Putschisten Franco und 1939 zum Generalleutnant ernannt werden sollte. Am 1. Mai 1945 beging Faupel in Berlin Selbstmord. Er wird seine Gründe gehabt haben, warum er den Russen nicht in die Hände fallen wollte …

Erwin Wenzel kennt sich in der Geschichte seiner Stadt aus, auch darum lebt er gern hier. Er kennt jeden Winkel, weiß um dessen Vergangenheit und die Besonderheiten. Das hilft ihm bei seiner Arbeit. Auf der anderen Seite grämt es natürlich, wenn ihm – wie im aktuellen Fall – dieses Wissen wenig nützt.

»In einer Stunde treffen wir uns zur Beratung«, ruft er, bevor er ins Auto steigt.

»Ins Amt«, sagt er dem Fahrer, der die ganze Zeit, wie üblich, im alten EMW ausgeharrt hat. »Haste mal 'ne Zigarette?«

Im Volkspolizeikreisamt herrscht dicke Luft. Der Leiter wirkt angefressen. Üblicherweise kümmert er sich nur dienstlich um die Kriminalisten, das heißt routinemäßig. Karnickeldiebstähle, geklaute Mopeds, Mundraub, all das, was den Alltag dort ausmacht, interessieren ihn nicht. Kleinkram, Pillepalle eben. Doch wenn ein – vermutetes – Gewaltverbrechen aufzuklären ist, dann läuten auch bei der Obrigkeit alle Alarmglocken. Nicht nur die dienstlichen Vorgesetzten fordern Aufklärung vom VPKA-Chef, sondern auch die politischen. Jeder, der meint, im Kreis etwas zu sagen zu haben, verlangt Auskunft und liefert auch gleich noch seinen Senf ab. Es ist wie beim Fußball: Jeder Zuschauer ist der bessere Trainer. Und Kraft ihrer Wassersuppe handeln einige auch so. Wenzel hörte davon, dass mancher Bezirkserste der Partei die Mannschaftsaufstellung »seines« Fußballklubs besorgt. Heiliger Bimbam …

Die Genossen von der K verstehen ihr Handwerk, das weiß der VPKA-Chef, die brauchen keine Hinweise von außen. Dennoch handelt er gegen seine Überzeugung, indem er den Druck weitergibt.

»Mensch, Erwin, was ist da denn bloß los?«

Wenzel breitet ratlos die Arme auf dem Tisch.

»Gibt es denn wirklich keinen Ansatz, nicht den Hauch einer Spur?«

Der Hauptmann weiß, dass sein Vorgesetzter alle Berichte und Unterlagen zum Fall auf dem Tisch hat, bis auf die heutige Aktion am Teich im Kidronpark ist er auf dem Laufenden. Dennoch repetiert Wenzel noch einmal alle Maßnahmen und Schritte.

»Wir haben das ganze Programm durch, Horst.«

»Dann muss ich den Bezirk einschalten.«

Wenzel blickt auf seine Hände. Natürlich ist das eine Demütigung. Doch er versteht auch den Chef. Der muss aktiv werden, um sich nicht den Vorwurf der Untätigkeit oder gar der Inkompetenz einzuhandeln, das gebietet die Hackordnung in einem System, das auf Subordination gründet. Das ist überall auf der Welt so, in jedem Behörden-Apparat, er weiß das. Dennoch schmerzt es natürlich, jemanden vor die Nase gesetzt zu bekommen. Er kennt die Wichtigtuer aus Dresden zur Genüge. Die schieben eine Welle wie ein Atomeisbrecher, obwohl sie auch nur in einem Ruderboot reisen.

Es kommt wie erwartet.

Am nächsten Morgen rücken drei Mann von der Morduntersuchungskommission aus der Bezirkshauptstadt an.

Wenzel und seine Mitstreiter sind jedoch angenehm enttäuscht. Die Kriminalisten von der MUK geben sich erstaunlich moderat, also nicht: Hallo, wo steht das Klavier? Sondern fragen ganz normal und kollegial: Wo und wie können wir helfen?

Hauptmann Erwin Wenzel, assistiert von seinen Mitarbeitern, schildert die bisherigen Ermittlungen. Wenn er schweigt, ist es still im Raum. Draußen, vor den geöffneten Fenstern des Beratungsraumes, fällt der Regen. Obgleich doch laut Kalender Hochsommer sein sollte, ist es kühl und nass. Die Meteorologen sprechen bereits vom nassesten Sommer dieses Jahrhunderts. Dabei liegt noch ein reichliches Drittel vor uns. Wenzel wollte schon längst auf dem Zeltplatz in Bansin sein und in der Ostsee baden. Doch der Amtsleiter hatte für die Kriminalisten eine Urlaubssperre verhängt. Solange der Fall nicht geklärt ist, macht keiner Ferien. Ohne zu murren, beugen sich alle dem Befehl. Bei diesem Mistwetter fällt das nicht schwer. Außerdem ist ihnen selbst daran gelegen, Klarheit in die Sache zu bringen. Man muss das Mädchen finden: so oder so. Die meisten gehen davon aus, dass es nicht mehr lebt.

»Fassen wir also noch einmal zusammen: Roswitha Buder hat am 20. Juli nach neun Uhr die elterliche Wohnung verlassen. Das haben die Mutter und der Bruder bestätigt. Sie habe Altstoffe sammeln wollen, sagten beide: Flaschen, Papier, Lumpen, Buntmetall und so weiter. Das wird, wie wir wissen, ordentlich vergütet in den Annahmestellen. Und sie machte das auch nicht zum ersten Mal. Sie hat eisern für ein Fahrrad gespart. Sie wollte das Geld noch unbedingt in den Ferien verdienen, erzählte die Mutter.«

»Hat sie auch gesagt, wo die Tochter sammeln wollte?«, fragt einer der Dresdner.

»In der Umgebung vermutlich. Es gab so einen vagen Hinweis, dass sie etwas abholen wollte, ohne dass sie Adresse oder Name genannt hätte. – Jedenfalls wurde Roswitha von einer Frau Greim gegen halb zehn in der Bogstraße gesehen, keine hundert Meter von der Buder-Wohnung entfernt und unweit der Schule, die das Mädchen besuchte. Die Zeugin kannte Roswitha und wechselte ein paar Worte mit ihr.«

»Hatte sie da schon was gesammelt?«, kommt der Zwischenruf.

Wenzel blättert in seinen Notizen. »Soweit ich sehe, wurden dazu keine Angaben gemacht. Die Zeugin hat lediglich ausgesagt, dass das Mädchen einen roten Pullover, einen roten Leinenrock und Turnschuhe aus blauem Segeltuch getragen habe. Außerdem hatte sie eine Tasche aus Kunststoff dabei und ein großmaschiges Einkaufsnetz. Nach dem kurzen Gespräch trennten sich beide. Roswitha, so die Zeugin Greim, wäre danach in den Steinweg gelaufen. Sie war offenbar die letzte, die das Mädchen gesehen hat.«

»Lässt sich das mit Bestimmtheit sagen?«

»Absolut. Wir haben rund um den Friedhof jeden Anwohner befragt, wir haben die üblichen Zeugenaufrufe in der lokalen Presse veröffentlicht, die Genossen Abschnittsbevollmächtigten sind treppauf, treppab gelaufen – keine Hinweise, keine Spur. Niemand hat das Mädchen an jenem Tag nach Frau Greim noch einmal gesehen, jedenfalls fanden wir keinen. Wir haben alle Lauben am Stadtrand durchsucht, alle leerstehenden Gebäude im Stadtgebiet, die SERO-Annahmestellen, alle Keller und Dachböden, Parkanlagen, abgelegene Winkel. Wir waren selbst unterm Dach der Nikolaikirche …« Wenzel blickt ratlos in die Runde. »Die Abschnittsbevollmächtigten haben gut gearbeitet«, sagt er, was natürlich auch heißt, dass man es selber auch tat. »Wir glaubten sogar, dass wir den Täter bereits hätten, nachdem wir alle einschlägig Auffälligen und Vorbestraften unter die Lupe nahmen. Der eine, ein Mann um die fünfzig, der als Kinderficker …«

Der Major aus Dresden, offenkundig der Chef der Truppe, räuspert sich vernehmlich.

»… der wegen eines Sexualdeliktes einsaß, hatte für die fragliche Zeit kein Alibi. Er hatte nach eigenen Angaben wie meist mit seinen Saufkumpanen auf dem Nikolaifriedhof die Nacht vom 19. auf den 20. Juli durchgezecht und dann den halben Tag in einem der Grufthäuser verschlafen, wie er sagte. Seine Zechbrüder hatten sich noch in der Nacht verdrückt, so dass ihm niemand bestätigen konnte, dass er tatsächlich an jenem Vormittag dort oben gepennt hat. Natürlich fanden wir dort leere Flaschen und Zigarettenkippen, aber was beweist das schon? Bei der Einvernahme hat er viel wirres Zeug erzählt, aber uns wurde bald klar, dass er es nicht gewesen sein konnte. Das ist ein schwerer Alkoholiker, da rührt und regt sich nichts mehr. Das Einzige, was den noch antreibt, ist eine gefüllte Flasche.«

»Haben Sie Hunde eingesetzt?«, meldet sich der von der MUK wieder. Es ist ein kräftiger Mann mit Bauchansatz und Halbglatze, sein Gesicht wirkt nicht unfreundlich.

»Haben wir, Genosse Major«, reagiert Wenzel gelassen, »aber das Ergebnis war, wie nicht anders zu erwarten, gleich Null. Die Spuren waren zu alt, außerdem waren in der Folgezeit unzählige Personen über die Straße gelaufen. Nicht zu vergessen der viele Regen, der in den Tagen danach gefallen ist.«

»Ich meinte ja keine Fährtensuchtiere, sondern Leichenspürhunde.«

Wenzel verzog sein Gesicht zu einem maliziösen Grinsen. »Kannst du mir mal verraten, wo wir einen Leichenspürhund einsetzen sollen, wenn wir noch nicht einmal wissen, ob es überhaupt eine Leiche gibt?«

Der Dresdner winkte ab. »Ist mir schon klar. Aber ich würde dennoch einen aus Dresden anfordern. Wenn das Mädchen umgebracht wurde, dann liegt es in einem Umkreis von vielleicht einem Kilometer. Das sagt mir mein Instinkt.«

»Mal angenommen«, meldete sich Oberleutnant Drechsler, einer von Wenzels Mitarbeitern, zu Wort, »mal angenommen, Roswitha Buder wurde Opfer eines Gewaltverbrechens – was wir ja nicht wissen –, und weiter angenommen, ihr Leichnam wurde versteckt: Wieso soll das ausgerechnet in der Stadt geschehen sein? Sie kann beispielsweise zu einem Mann oder zu Männern ins Auto gestiegen und mitgefahren sein? Aus welchem Grund auch immer. Wenn sie außerhalb der Stadt getötet und dort auch beiseite geschafft wurde – in einem Wald, in einer Kiesgrube, in einem Gewässer –, dann ist doch alle Mühe umsonst. Soll der Hund den ganzen Kreis mit der Nase durchkämmen?«

Die umsitzenden Kollegen nicken, sie sehen das nicht anders.

Der dicke Major aus Dresden setzt ein verständnisvolles Lächeln auf. »Ich stimme dir vollkommen zu. Aber haben die Anwohner von einem Auto berichtet?« Er blickt fragend zu Wenzel.

Der schüttelt den Kopf. »Das haben wir zwar nicht speziell gefragt, aber niemand hat ein Auto gesehen, in das Roswitha gestiegen sein könnte.«

»Weil natürlich auch niemand Roswitha gesehen hat«, entrüstet sich Drechsler. »Wie kann da ein Auto bemerkt worden sein?«

»Sachte, sachte«, bremst ihn sein Chef. »Dort gibt es keinen Durchgangsverkehr, und die Anwohner besitzen alle keinen Pkw, das ist«, Wenzel räuspert sich, »ein Arme-Leute-Viertel. Wenn sich dorthin ein Auto verirrt, fällt das bestimmt auf. Ich jedenfalls halte den Gedanken für wenig wahrscheinlich, dass das Mädchen von jemandem aufgenommen und nach außerhalb verbracht wurde.«

Wenzel weiß natürlich, dass es jene Angst, die Jahrzehnte später hierzulande herrschen sollte, nicht gab. Fern noch die Zeit, in der Eltern ihren Kindern raten würden, nichts Süßes von Fremden zu nehmen oder ihnen gar zu folgen. Im Umgang mit Erwachsenen herrschen kein Argwohn und Misstrauen. Nicht auszuschließen also, dass die Elfjährige, von einem Fremden etwa darum gebeten, ihm den Weg zu weisen, diesen Wunsch erfüllt hat. Aber dieser Gedanke scheint Wenzel so abwegig wie dem Major aus Dresden. Erfahrung und Logik sprechen dafür: Wenn etwas mit Roswitha geschehen war, dann ist es hier passiert. Vielleicht sollte man wirklich einen Leichenspürhund anfordern?

»Ich denke, wir sollten den Vorschlag des Genossen Major aufgreifen und einen Hund aus Dresden anfordern«, erklärt Wenzel. Und an den Dicken aus Dresden gewandt: »Veranlasst du das, oder muss ich über den Großen Dienstweg gehen?«

Der Angesprochene stippt sich mit dem Finger an die Brust, womit alles gesagt ist.

»Und dann? Wir sollten vorab klären, wo wir ihn einsetzen.«

»Ich sagte doch, dass wir im Umkreis von einem Kilometer von der Wohnung des Mädchens suchen sollten«, sagt der Major. »Wir gehen systematisch vor, erst der Friedhof, dann durchkämmen wir jedes Gebäude von oben nach unten, Haus für Haus, Straße für Straße.«

»Und du meinst, dass wir das mit einem einzigen Hund schaffen?« Wenzel bleibt skeptisch.

»Du hast Recht, das dauert zu lange. Ich werde mal schauen, ob ich mehrere Spürnasen bekommen. Notfalls rufe ich in Pretzsch an.«

In dem kleinen Städtchen Pretzsch an der Elbe befindet sich seit Ende der 40er Jahre eine Spezialschule der Volkspolizei, die Hunde und Hundeführer für die ganze Republik ausbildet. Nachdem man in der ersten Zeit unterschiedslos die Hunde nach allem suchen ließ, was ihnen vor die Nase kam, hat in den letzten Jahren eine Spezialisierung begonnen. Inzwischen bildet man dort nicht nur Fährtenhunde aus, sondern auch welche, die auf das Aufspüren von Leichen, Sprengstoff, Rauschgift, Brandmittel und dergleichen trainiert werden. (Bis zum Ende der DDR werden dort mehr als 17.000 Diensthundeführer und Hunde für die Volkspolizei ausgebildet.)

Der Dresdner Major wünscht noch den ABV zu sprechen, der für den Abschnitt zuständig ist. »Kannst du ihn mal kommen lassen?«, erkundigt er sich bei Hauptmann Wenzel.

»Kein Problem«, sagt dieser, »er sollte im Haus sein. Ich hatte ihn gebeten, sich zu unserer Verfügung zu halten.« Wenzel gibt Oberleutnant Drechsler ein Zeichen. Der springt sofort auf und eilt davon.

»Wir brauchen ihn nur kurz«, ruft ihm der Major von der MUK hinterher, doch da ist die Tür bereits ins Schloss gefallen.

Der Abschnittsbevollmächtigte ist ein junger Leutnant, frisch von der Schule und energiegeladen. Der Idealismus, mit dem er die Welt verbessern will, reicht ihm bis in die Haarspitzen. Sein Diensteifer macht ihn sympathisch und glaubwürdig, er ist groß, aber nicht übertrieben, wie man ihn bei den sogenannten 300-Prozentigen antrifft. Bei denen überschreitet die Einsatzbereitschaft die Grenze zur Servilität. Leutnant Schulze ist souverän und überzeugend.

Wenzel stellt ihm kurz die drei Männer von der Morduntersuchungskommission aus Dresden vor und fordert ihn auf zu berichten.

Der Leutnant wirft sich in Positur, er ist sich bewusst, dass er augenblicklich der wichtigste Mann im Raum ist. Er informiert, wie lange er bereits im Revier Dienst tut, wie viele Menschen dort leben, wie die soziale Struktur ist, nennt die wenigen Handwerksbetriebe und Geschäfte, die sich dort befinden, die Schule und den Kindergarten und andere städtische und kirchliche Einrichtungen. Über alle führt er Buch, jedes Unternehmen hat bei ihm eine Karteikarte mit Ansprechpartnern und Telefonnummern für den Ernstfall, der da Einbruch oder Feuer heißen könnte, um die

Verantwortlichen zu informieren, sofern sie nicht im Hause wohnen. Schulze kennt die Problemfälle, die Asozialen, die Gefährdeten und Vorbestraften, auf die er ein besonders wachsames Auge wirft, die Schwerkranken und Behinderten, die Auffälligen und die Krakeler. Kurz: Er kennt Hinz und Kunz persönlich, er ist im Bilde. Läge eine Mücke tot auf der Straße, könnte er sagen, wer sie erschlagen hat. Jahrzehnte später wird es heißen, das alles wären Indizien eines Polizei- und Überwachungsstaates, und verschweigt dabei listig, dass die neuen Kontaktbereichsbeamten nichts anderes tun, dann heißt das jedoch Bürgernähe.

Der junge Leutnant Schulze ist den Bürgern in seinem Abschnitt nah, ohne dass man das Verhältnis zueinander so nennt. Hier heißt es: der Volkspolizist, dein Freund und Helfer. Der ABV ist, im Guten wie im Ernsten, der verlängerte Arm der Obrigkeit und Staatsmacht.

»Ich habe«, setzt Schulze fort, »unter anderem mit Roswithas Schulfreundin gesprochen. Mit dieser Dorle war sie am Montag, dem 19. Juli, am Nachmittag auch unterwegs, um fürs Rumpelmännchen zu sammeln. Die Altstoffannahmestelle in der Steinstraße hat mir bestätigt, dass die beiden Mädchen am späten Nachmittag eine ganze Menge Papier und Flaschen auf ihrem Handwagen gebracht hätten. Über fünf Mark hätten sie ausgezahlt bekommen. Weil es so gut lief, hätten beide beschlossen, am nächsten Tag noch einmal eine Runde zu drehen. Doch Roswitha, so Dorle, sei nicht zur verabredeten Zeit am Brunnen vor der Schule erschienen.«

Der Major unterbricht ihn. »Sind die Mädchen zu zweit oder allein in die Häuser gegangen?«

»Immer allein. Die eine hat sich die linke, die andere die rechte Straßenseite vorgenommen.«

»Und ist Roswitha in einem Haus länger geblieben?«

»Nein, davon hat Dorle nichts gesagt.«

»In welchen Straße waren die beiden unterwegs?«, fragt

jetzt Wenzel, um dem Major nicht völlig das Feld zu überlassen.

»Rund um den Friedhof, also Bogstraße, Steinweg und Obersteinweg.«

»Genosse Wenzel hat uns informiert, dass diese Gegend von, nun ja, einfachen Leuten bewohnt wird. Sie haben es ja auch bestätigt. Gibt es denn da überhaupt Altstoffe?«

Der ABV schweigt eine Weile. »Ich weiß nicht, worauf Ihre Frage zielt«, beginnt er. »Einfach heißt ja nicht asozial.«

»Das habe ich auch nicht gesagt.« Der Major lächelt. »Ich meine: Wer wenig hat, versilbert seine Altstoffe selbst, zumal die Annahmestelle gleich um die Ecke liegt.«

»Da muss ich Sie enttäuschen, Genosse Major. Nach meiner Beobachtung geben die, die selber wenig besitzen, viel eher bereitwillig etwas ab als die etwas besser Gestellten. Bei ihnen ist der Gedanke der Solidarität …«

»… oder der christlichen Nächstenliebe«, wirft Wenzel ein.

»… am stärksten ausgeprägt. Wenn die Volkssolidarität, das DRK oder die Kirche mit Spendenlisten und Sammelbüchsen unterwegs sind, bleibt nicht eine Tür dort verschlossen. Die haben zwar nicht das Geld, um am 1. Mai oder am 7. Oktober eine Fahne ans Fenster zu stecken – und möglicherweise würde mancher dies aus politischen Gründen auch nicht tun –, aber wenn es ums Teilen und Abgeben für Bedürftige geht, verhalten sich alle sehr, sehr sozial.«

»Ausnahmslos?«

»Natürlich gibt es immer Ausnahmen.«

»Welche?«

»Zum Beispiel Kuno Peschel, Obersteinweg 16.«

Der Chef der Dresdner Morduntersuchungskommission zeigt sich überrascht. »Aha. Erzählen Sie mal.«

Der Leutnant bläst die Backen auf. Das sei eine ellenlange Geschichte, sagt er. Obgleich der Mann gerade Mitte Dreißig sei, hat der eine bewegte Biografie wie manch Hundertjähriger nicht.

»Na, beschränken Sie sich aufs Wesentliche, Genosse Leutnant«, bremst ihn der Major.

»Das erste Mal wurde er auffällig mit elf Jahren.«

»Das war doch noch in der Nazi-Zeit, während des Krieges?«

»Genau. 1942/43 gehörte er der sogenannten Altstadtbande an, das waren Jugendliche, die klauten und andere Straftaten begingen, aber wegen ihres Alters straffrei blieben. Nach der Volksschule begann er 1946 eine Lehre als Messerschmied, aber die brach er schon nach wenigen Wochen ab. Dann schlug er sich mit Gelegenheitsarbeiten durch und ging alsbald in die Westzonen. 1948 kam er jedoch in seine Heimatstadt zurück.«

»Was hat er in den zwei Jahren im Westen getrieben?«

»Darüber gibt es widersprüchliche Aussagen. Seinen Zechbrüdern hat er erzählt, er sei in der französischen Fremdenlegion gewesen und habe sowohl in Algerien als auch in Indochina gekämpft. Ein andermal sagte er, dass er bei westdeutschen Bauern auf dem Lande gearbeitet hätte. Wenn Sie mich fragen: Die Story von der Fremdenlegion ist Spinne, damit wollte er sich nur wichtig machen. Zu jener Zeit war er keine 18 Jahre alt und ohne jegliche militärische Vorkenntnisse. Nach meiner Kenntnis haben die Franzosen in ihren Internierungslagern deutsche Kriegsgefangene für die Legion rekrutiert, aber keine grünen Jungs.«

Der Major zog vernehmlich die Luft ein. »Das ist ohne Relevanz. Weiter.«

»Das sehe ich nicht so, Genosse Major«, widerspricht Schulze selbstbewusst und reckt die Brust, als er sieht, dass Wenzel darüber grient. »Sie müssen die Vorgeschichte kennen, damit Sie die Persönlichkeit besser beurteilen können«, antwortet er lehrbuchreif.

Nun grinst auch der Kriminalist aus Dresden. Dieser junge Kader, denkt er, aus dem wird mal was. Er macht eine Armbewegung, Schulze nimmt es als Aufforderung fortzufahren. Draußen rumpelt ein Lkw vorbei, dass kein Wort zu verstehen ist. Es stinkt plötzlich nach Russendiesel im Raum, genauer gesagt: nach dem, was davon ausgestoßen wird. Erst als das Monstrum außer Hörweite ist, fährt der ABV fort. Vor dem geöffneten Fenster fällt sacht der Regen.

»1949 ist er zur Wismut in den Uranbergbau gezogen, dort wurde ordentlich Geld verdient. Bis 1952 arbeitete er untertage. Um Sommer 1951 wurde er in die Landesheilanstalt Untergöltzsch eingewiesen, 1953 ein zweites Mal, und zwar auf Veranlassung des Bergbaukrankenhauses Eibenstock, wo er in Behandlung war. Aus der Psychiatrie ist er abgehauen. Danach war er kurzzeitig in der Forst tätig, dann ging er wieder in den Westen. In Würzburg wurde er Anfang 1954 in die Neurologische Universitäts- und Nervenklinik eingewiesen, nachdem es einen Übergriff auf eine Prostituierte gegeben hat.«

Wenzel pfeift vernehmlich durch die Zähne. »Das wusste ich gar nicht, dass er auch in Bayern in psychiatrischer Behandlung war, und auch noch wegen einer Frau. Das ist ja interessant.«

»Nicht wahr?« Schulze ist sichtlich stolz, dass er Dinge in Erfahrung gebracht hat, von denen die ermittelnden Kriminalisten nichts wussten. Er hat alle Personen in seinem Abschnitt, die etwas über den Mann wussten, wie Zitronen ausgequetscht.

Im Sommer '54 wäre Peschel aber wieder nach Görlitz zurückgekehrt, habe Irmgard Vallentin geheiratet und mit ihr drei Kinder in die Welt gesetzt. Die Ehe wurde 1964 geschieden. Zunächst habe die Frau wiederholt die Scheidung eingereicht, aber den Antrag jedes Mal zurückgenommen. Erst nachdem Peschel selbst die Scheidung verlangt habe, sei sie im Vorjahr auch vom Kreisgericht Görlitz offiziell vollzogen worden.

»Das heißt, Peschel lebt allein?«, fragt der Major.

»So ist es. Und das schon einige Jahre. Aber darauf komme ich noch zu sprechen.« Schulze macht eine Pause und atmet tief durch. »Die diversen Arbeitsstellen, bei denen er kurzzeitig beschäftigt war, spare ich mir. Die Liste ist ziemlich umfangreich, wie Sie sich gewiss denken können. Im September 1960 wurde Peschel wegen Staatsverleumdung zu zwei Monaten verurteilt, er hat als Krankenträger im Krankenhaus Görlitz einfach dummes Zeug erzählt. Danach setzte er sich, nunmehr bereits zum dritten Mal, über Westberlin in die Bundesrepublik ab, kam aber im Herbst '61 wieder in die DDR zurück. Nach den Grenzsicherungsmaßnahmen vom 13. August also.«

»Der hat wirklich einen Knall«, entfährt es Drechsler, wobei er offen lässt, was er damit meint: das unstete Leben und Pendeln zwischen den Welten, oder dass Peschel nach dem Mauerbau freiwillig in die DDR zurückgekommen ist.

»Es kommt noch besser. Erst arbeitete er als Maler beim VEB Kema Görlitz, dann wurde er Friedhofswärter, weil er dort eine größere Wohnung bekam – erst eine Mietwohnung in der Friedhofsverwaltung, dann eben jenes Häuschen an der Friedhofsmauer im Obersteinweg. Dort blieb er auch wohnen, als er im Sommer vor zwei Jahren die Arbeit hinschmiss und als Heizer im VEB Feinoptische Werke anfing. Er hielt es ein Jahr aus, was für seine Verhältnisse bemerkenswert lang ist. Danach fing Peschel als Gleisbauarbeiter in Sedlitz an und war dann nur noch am Wochenende in Görlitz. Jetzt scheint er mal wieder den Job geschmissen zu haben. Ich habe ihn in den letzten Wochen wiederholt mit seinen Saufkumpanen des Friedhofs verweisen müssen. Sie haben zwar jedes Mal protestiert, aber sich auch immer brav getrollt.«

»Ist das ein fester Treffpunkt, wo die zusammenhocken?«

»Jaja«, sagt Schulze, »die stadtbekannten Alkis kommen immer auf dem Alten Friedhof zusammen. Im oberen Teil gibt es so kapellenartige Räume mit Gittertoren, Grufthäuser genannt. Da finden sie sich zu ihren Orgien ein. Im Sommer, weil's schön kühl ist, im Regen, weil's trocken ist.«

»Orgien?« Einer aus der Dresdner MUK fasst nach. »Was ist darunter zu verstehen.«

»Na Orgien eben«, sagt Schulze. »Da sind manchmal auch Frauen dabei, da geht es bisweilen so richtig zu Sache.«

»Ach so.« Offenkundig hatte der Frager etwas anderes vermutet.

»Und diesen Mann, Genosse ABV, haben sie sich nun vorgenommen.«

»Genau. Kuno Peschel ist in meinem Revier der Auffälligste, wenn Sie verstehen, was ich meine.« Er habe Dorle, Roswithas Freundin befragt, ob sie am Montag auch bei ihm gewesen seien, was sie bestätigte. Allerdings wäre Roswitha nur kurz im Haus gewesen und mit leeren Händen zurückgekommen. Der hat nichts, habe sie gesagt. Dann seien sie den Obersteinweg zurückgelaufen.«

Schulze sammelt sich einen Augenblick.

»Natürlich war ich auch bei Peschel. Die Häuser im Obersteinweg sind alle ziemlich alt und heruntergekommen, doch das an der Friedhofsmauer, in dem Peschel haust, ist eine Bruchbude. Unter uns gesagt: Selbst wenn man den in eine Villa gesetzt hätte, würde die binnen kurzer Zeit auch so ausschauen. Ich verstehe sehr gut, dass seine Frau abgehauen ist. Klassische Trinkerwohnung: Überall leere Flaschen, Essenreste, Unrat, Erbrochenes, unerträglicher Gestank hängt in den Räumen. Er selbst: groß, hager, erheblich älter aussehend, Trainingshose, schmutziges Unterhemd. Als ich dort war, hat es mir fast die Nase aus dem Gesicht gehauen. Von dem ging ein solch scharfer Schweißgeruch aus, dass dieser selbst den allgemeinen Gestank in der Wohnung überlagerte. Ich weiß nicht, Genossen, ob Sie das kennen? Ich habe bestimmt kein besonders empfindsames Näschen, aber es gibt Gerüche, da kräuseln sich bei mir die Fußnägel. Die ziehen hoch bis zur Schädeldecke, dass es schmerzt. Wenig später würgt einen der Brechreiz.«

»Schulze, nun mach mal halblang«, fährt ihm Hauptmann

Wenzel in die Parade. »Wir haben auch schon unsere Nasen in Müllhaufen stecken müssen und es auch überlebt. Es gibt Schlimmeres. Wir wissen deinen Einsatz zu schätzen, aber lass mal die Kirche im Dorf.«

Verlegen senkt der ABV den Blick zu Boden. Er spürt, dass er ein wenig überzogen hat. Gleichwohl: Er erinnert sich nur mit größtem Unbehagen an den Besuch vor wenigen Tagen in Peschels Wohnung. Er spürt noch immer dieses Zwicken in der Nase, den Ekelreiz im Rachen. Ihm ist es unerklärlich, wie ein solcher Mensch es mit sich selbst aushalten kann.

Schulze ahnt, dass er langsam zum Ende kommen muss. »Ich habe ihn gefragt, ob am Montag ein elfjähriges Mädchen bei ihm gewesen sei. Er hat darauf völlig normal reagiert. ›Ja, die Roswitha, die seit Dienstag vermisst wird, war am Montagnachmittag bei mir und hat nach Altstoffen gefragt. Ich war an dem Tag nicht gut drauf und habe sie rausgeschmissen. Sie könne gern noch mal morgen kommen, habe ich ihr hinterher gerufen. Aber am Dienstag ist sie nicht gekommen. Mehr kann ich nicht sagen‹, hätte Peschel erklärt und damit die Befragung mit mir beendet.«

»Das war alles?« Der Major schüttelt fassungslos den Kopf.

»Der war sogar auf dem Friedhof, als wir mit unserem Hund dort gesucht haben«, wirft Wenzel ein. »Er machte sich erbötig, uns zu helfen.«

»Dazu komme ich noch. Noch einmal, Genosse Leutnant: Sie sind nach der Erklärung gegangen? Haben Sie sich nicht wenigstens in der Wohnung umgeschaut?«

»Ich hatte erstens keinen Hausdurchsuchungsbeschluss, und zweitens bestand und besteht kein konkreter Tatverdacht. Peschel ist so verdächtig oder so unschuldig wie alle Anwohner in meinem Revier. Dass einer ein, sagen wir, bizarres Leben führt, macht ihn nicht zwingend zu einem Mörder.«

Im Raum breitet sich angespannte Stille aus. Jeder weiß, dass Schulze Recht hat. Es gibt keinen konkreten Anlass, die

Wohnung von diesem Peschel auf den Kopf zu stellen. Die Wahrscheinlichkeit, dass eine solche Aktion so ergebnisreich verlaufen könnte wie die Pumpaktion im Kidronpark, ist groß. Die Kriminalpolizei würde sich zum Gespött der Leute machen, nicht genug damit, dass sie bereits der Unfähigkeit geziehen wird. Seit fast zwei Wochen suchen sie nach einer vermissten Person und haben nichts, aber auch gar nichts vorzuweisen.

Nach scheinbar unendlich langer Zeit sagt der Major: »Was war mit der Suche auf dem Friedhof und dem Hund?« Die Frage geht an Wenzel.

»Ich sagte ja schon, dass wir einen Fährtenhund eingesetzt hatten. Auch auf dem Friedhof. Da waren Peschel und seine Kumpel mit dabei.«

»Und die haben euch seelenruhig zugeschaut, wie ihr die Gräberreihen abgelatscht seid? Ja habt ihr sie noch alle?«

»Sie haben die polizeilichen Ermittlungen nicht behindert.«

»Aber beobachtet!«

Der Satz klingt wie ein Peitschenknall.

Wenzel zuckt mit der Achsel. »Na und. Wir haben ja nichts Geheimnisvolles oder gar Illegales getan.«

Der Mann von der MUK bricht wütend ab. »Machen wir Schluss für heute. Wir kommen morgen mit den Leichenspürhunden wieder und dann drehen wir auf dem Friedhof und überall jeden Stein um. Und wir werden sie finden, das garantiere ich euch. – Wie groß, Genosse Schulze, ist Ihr Abschnitt?«

»Anderthalb Quadratkilometer etwa.«

»Das schaffen wir. Seien Sie unbesorgt.«

Nun kam doch wieder diese bezirksstädtische Arroganz durch. Selbst wenn es nicht so gemeint ist, bekommen die Görlitzer das Gefühl vermittelt, dass sie eigentlich unfähig seien. Da müssen erst die Zampanos aus Dresden kommen und ihnen zeigen, wie man richtig ermittelt, zackzack. Lassen sich von möglichen Tatverdächtigen bei der ergebnislosen Suche auf die Finger schauen. Das ist eben Provinz.

Wieder vergehen ein Tag und eine Nacht. Und wieder finden Roswithas Eltern nur schwer in den Schlaf, seit die Ungewissheit in ihrem Hause wohnt. Gertrud Buder ist der Verzweiflung nah, seit nahezu zwei Wochen gibt es kein Zeichen von ihrer Tochter. Fast hat sie sich damit abgefunden, dass sie wohl nie wieder ihr Kind in den Arm wird nehmen können, doch dann soll das Warten wenigstens ein Ende und ihre Trauer auch einen Ort haben, drüben, jenseits der Mauer, die die Straße begrenzt, dort, auf dem Friedhof. Jeden Abend schluchzt sie ins Kopfkissen. Martin, ihr Mann, der bei ihr liegt, versucht sie zu trösten. Auch er liebte Roswitha, sie war sein Kind wie das von Gertrud. Doch die Beziehung einer Mutter, die ein Kind physisch zur Welt gebracht hat, ist zwangsläufig eine andere als die eines Vaters. Die seelische Nabelschnur bleibt immer. Gewiss, auch Ausnahmen sind möglich, doch das sind Ausnahmen. Die Gefühle einer Mutter kann nur eine Frau haben.

Buders verlassen am nächsten Morgen wie gewohnt das Haus. Sie sehen noch, wie am Eingang des Nikolaifriedhofs mehrere Autos vorfahren. Wenzel kennen sie von den Vernehmungen, sie grüßen winkend unterm Regenschirm. Der Kriminalist kommt auf sie zu.

»Wir haben jetzt Verstärkung aus Dresden bekommen«, sagt er gleichermaßen erklärend wie entschuldigend. Es ist ein Eingeständnis, dass man erstens noch nicht weiter ist und zweitens aus eigener Kraft den Fall anscheinend nicht wird lösen können, das wird in diesem Satz deutlich.

Martin Buder nickt, stellt dennoch die Frage, ob es etwas Neues gebe.

Wenzel breitet die Arme. Wenn das der Fall ist, erführen es die Buders als Erste.

»Wir wollen jetzt noch einmal mit Leichenspürhunden …«

Beim Wort »Leiche« bricht es aus Gertrud Buder heraus. Als könne sie den Schrei wieder in den Mund zurückstopfen, schlägt sie die Hand vor die Lippen. Aus den Augen fließt Wasser. Buder nimmt seine Frau in die Arme und drückt sie tröstend an sich. Kopfschüttelnd wirft er über ihre Schulter Wenzel einen vorwurfsvollen Blick zu.

Der Hauptmann der K beißt sich auf die Zunge und deutet eine Kopfbewegung an, die Entschuldigung und Verabschiedung zugleich ist. Er dreht sich um und geht, die Eltern bleiben allein zurück. Wie in jedem Mordfall. Am Ende sind die Hinterbliebenen immer die Verlassenen.

Am Tor stehen im Regen die drei von der MUK und der Hundeführer. Offensichtlich hat der Major gestern den Mund ein wenig zu voll genommen. Einen einzigen Leichenspürhund hat man ihm bewilligt. Einen! Den Grund der Bescheidenheit nennt er nicht. Es wäre unkollegial, würde der Dicke wiedergeben, was ihm in Dresden im Präsidium gesagt worden ist: Wir mobilisieren doch kein Großaufgebot, wenn es keinen überzeugenden Hinweis darauf gibt, dass es auch wirklich eine Leiche gibt, nach der ihr sucht. Macht erst mal eure Hausaufgaben, dann kriegt ihr auch weitere Hunde.

Wenzel und der Major verteilen die Aufgaben, wobei man sich zunächst auf den alten Nikolaifriedhof konzentriert. Der Chef der MUK meint, und dabei folgt er mehr seinem Instinkt als der Logik, dass sie hier mit der systematischen Suche beginnen sollten, hier könnte es gewiss Hinweise geben. Welche, lässt er offen. Vielleicht ist es auch nur so dahin gesagt, um den Eindruck von konsequenter, zielorientierter Führung zu vermitteln. Der Major hat schließlich bei diesem Fall seit gestern die Mütze auf.

Er scheint mit seiner Intuition auch richtig zu liegen. Auf der Westseite des Friedhofs, an deren Mauer sich einige alte Familiengräber entlangziehen, schlägt der Hund an. Er beginnt wild mit den Vorderbeinen in der Erde zu kratzen, aus der Unkraut und Gräser spießen, dann verharrt er, bohrt die Nase in den Boden und wühlt weiter. Die Erdbrocken fliegen hinter ihn ins nasse Gras.

»Aus!«, ruft der Hundeführer, und »Platz!« Der Schäferhund gehorcht aufs Wort und hechelt dankbar, als ihm anerkennend die feuchte Flanke geklopft wird. »Brav!«

Die Görlitzer Kriminalisten eilen hinzu, sie haben den Anschlag des Hundes vernommen.

Wenzel schüttelt den Kopf. »Die Leichen, die unten in der Gruft liegen, sind über zweihundert Jahre alt. Ihr seht doch: Hier ist jahrzehntelang nichts verrückt oder gar vergraben worden. Die Steine liegen bemoost und unberührt an dieser Stelle. Der Hund irrt sich.«

»Der Hund irrt sich nicht«, widerspricht der Hundeführer. Er habe Witterung aufgenommen, da sei etwas. »Da bin ich mir absolut sicher.«

Wenzel bleibt bei seiner Meinung, zollt aber dem feinen Näschen des Spürhundes dennoch seinen Respekt. Er finde es erstaunlich, dass der damit jahrhundertealte Leichen aufspüre.

Der Hundeführer sagt, es tue ihm leid, wenn er dem Genossen Hauptmann erneut widersprechen müsse. Genau das könne er nicht. »Das gibt es nicht. Ich bleibe darum dabei: Hier liegt irgendwo ein junger Leichnam, keine Mumie.«

»Aber Sie sehen doch, dass das nicht sein kann. Hier ist alles unberührt, kein Spatenstich, keine geöffnete Gruft, nichts.« Wenzel ist ratlos.

Der Major von der MUK starrt über die Friedhofsmauer hinüber in die Altstadt. Dort bohren sich die Kirchtürme wie Ausrufezeichen in den grauen Himmel. Auch er hat keine Erklärung für die Reaktion des Hundes. Er kratzt sich am Hinterkopf.

»Genosse Leutnant …« Er hat den ABV zwischen den Grabsteinen entdeckt. Der inspiziert aufmerksam die verwitterten Inschriften auf den Grabmalen aus Sandstein, als hätten die etwas mit ihrem Fall zu tun. »Genosse Schulze, kommen Sie doch mal.«

Er reagiert sofort. Im Laufschritt eilt der Uniformierte zur Gruppe der Ratlosen. Die braune Ledertasche schlenkert am Oberschenkel, obgleich er das Koppel über den Trageriemen fest gezurrt hat.

»Sagen Sie mal: Wo ist der Obersteinweg?«, erkundigt sich der Major.

»Na hier«, sagt der ABV und weist über die Mauer in die erste Häuserzeile. »Die Straße ist eine Sackgasse, sie beginnt oder endet, wie man will, an der Friedhofsmauer.«

»Aha«, sagt der Major, mehr nicht. Und sinniert.

Alle Blicke richten sich in den Obersteinweg, als fände sich dort des Rätsels Lösung. Aber welches Rätsel ist gemeint? Die Straße fällt vergleichsweise steil ab, der Friedhof, der sich über den Hang hinzieht, überragt die Häuser.

Nach einer Weile meldet sich der Major wieder. »Und wo, sagten Sie gestern, wohnt dieser, dieser … Wie hieß dieser Trinker gleich, wo es so gestunken hat, wie Sie uns anschaulich beschrieben?«

»Peschel? Meinen Sie Kuno Peschel?«

»Jaja, den Problemfall in Ihrem Revier.«

»Peschel wohnt in der Nr. 16.«

»Kann man das Haus von hier aus sehen?

Schulze reagiert sofort. »Nein.«

»Warum nicht?«

»Weil die Friedhofsmauer davor ist.«

»Das verstehe ich nicht.«

Schulze klettert auf einen umgestürzten Stein an der Mauer, dass er diese überragt. Mit dem gestrecktem Arm langt er hinüber und weist mit dem Zeigefinger nach unten. »Das Haus ist hier.«

Der Major von der MUK ist wie elektrisiert. »Sie wollen damit andeuten, dass es unmittelbar an der Mauer klebt?«

Er versucht jetzt selbst, seine Nase über das Mauerwerk zu

heben, um einen Blick zu werfen, doch er ist zu klein bzw. die Mauer zu hoch, obgleich er sich auf die Zehenspitzen stellt.

»Sie sagen es.« Schulze bleibt völlig gelassen. »Das Haus gehört der Friedhofsverwaltung, darin befindet sich die Dienstwohnung. Ich sagte es ja bereits.«

»Das sagten Sie bereits, ja«, wiederholt der Major die leicht vorwurfsvolle Feststellung. Und an den Hundeführer gewandt, erkundigt er sich mit vibrierender Stimme: »Würde der Hund eine Leiche auch durch mehrere Mauern riechen?«

»Kommt darauf an«, antwortet der Hundeführer.

»Worauf?«

»Wie dick die Mauern sind.«

»Mann, Mann, machen Sie's doch nicht so kompliziert, Genosse. Nehmen wir mal an, jenseits dieser Mauer ist eine Leiche versteckt: Würde der Hund sie feststellen?«

»Von hier?«

»Ja, davon rede ich doch die ganze Zeit.«

»Wenn's eine frische Leiche ist …« Der Hundeführer ist wirklich keine geistige Leuchte, aber das muss er wohl auch nicht. Hauptsache, er kann mit dem Tier umgehen. Das ist schließlich seine einzige Aufgabe. »Ich glaube schon.«

»Mitkommen«, sagt der Major, und sein Befehl gilt dem ganzen Pulk. Der wälzt sich wie eine Lawine den Hang hinab zum Ausgang des Friedhofs. Der Hund zerrt an der Leine.

Wenzel, der unmittelbar neben dem Dresdner Kriminalisten gestanden und alles mitbekommen hatte, kocht innerlich vor Wut. Wieso sind sie nicht darauf gekommen? Sie waren mit ihrem Fährtenhund an eben jener Stelle, und auch der hatte dort angeschlagen, aber sie hatten das völlig ignoriert. Wie blöd kann man nur sein! Da kommt dieser Dicke vom Bezirk und weist ihnen nach, dass sie genau das sind, was sie stets bestreiten: Dilettanten, Amateure, fantasielose Schmalspurkriminalisten …

Einen Reststreifen Hoffnung am Horizont sieht Wenzel dennoch: Vielleicht finden sie bei Peschel nur eine tote Ratte.

Auf der anderen Seite: Er will natürlich auch, dass endlich Roswitha Buder gefunden wird, und sei es als Leichnam. Dann könnten sie den Fall abschließen, und die Buders fänden endlich ihre Ruhe.

Der Tross schnauft den Steinweg hinauf und biegt nach reichlich hundert Meter scharf nach rechts in den Obersteinweg. Der macht nach einigen Metern einen Bogen nach links. Am Ende des Weges duckt sich eine Hütte an die Friedhofsmauer aus Feldsteinen, ein kleiner Durchgang gibt den Blick auf die Vorderfront frei.

»Das dort ist die Nummer 16«, sagt der ABV und weist auf das marode Gebäude, das von einem verrosteten Eisenzaun von der Gasse abgegrenzt wird. Als das Anwesen noch neu war, das wird wohl im letzten Jahrhundert gewesen sein, machte es gewiss etwas her. Klein, aber fein, und eines preußischen Friedhofswärters würdig. Doch jetzt ist es eine Bruchbude, vernachlässigt von den Bewohnern, heruntergekommen und eigentlich abrissreif.

Der Major schreitet als erster über die Stufen hinauf zur gemauerten Zuführung. An der Tür findet sich weder ein Namensschild noch eine Klingel. Er schlägt mit den Fingerknöcheln der rechten Hand an die Holztür, von der mehrere Lackschichten blättern. Erst nachdem er mehrmals geklopft und seiner Forderung zu öffnen auch verbal Nachdruck verschafft hat, hört man Bewegung hinter der Tür. Flaschen scheppern, ein Mann flucht unverständlich, schließlich geht die Tür einen Spalt auf und ein blasses, schmales Gesicht erscheint. Die Haare hängen wirr und strähnig über die Augen, die, zu schmalen Schlitzen zusammengezogen, ins Tageslicht blinzeln. Aus dem Türspalt dringt penetranter Geruch, der ABV hat nicht übertrieben.

»Sind Sie Kuno Peschel?«

Der Major wartet nicht die Antwort ab und nestelt bereits seinen Dienstausweis am Lederriemen aus der Jacketttasche.

»Lassen Sie uns bitte rein!«

Ehe Peschel realisiert, was ihm geschieht, wird er beiseite geschoben, die Männer drängen in die Wohnung, der Hund jault und zieht an der Leine. Von dem Vorraum geht es in einen Raum, den man als Wohnzimmer bezeichnen kann, denn es befinden sich ein Sofa, Tisch, Stühle und ein Büfett darinnen. Zur Linken, gleich hinterm Vorhang, der den Vorraum von diesem Zimmer trennt, steht eine Liege, auf der Peschel offenkundig schläft, wie eine sichtlich verschmutzte Bettdecke bezeugt.

Der Hund zerrt weiter durch die nächste Tür.

»Wir haben doch gar keinen Durchsuchungsbeschluss«, flüstert Wenzel zum Major. »Wenn wir hier nichts finden, dann Gnade uns Gott …«

»Wir werden was finden, das rieche ich«, sagt der Dresdner.

Wenzel hält sich demonstrativ die Nase zu.

»So natürlich nicht.«

Im Nebenraum bellt der Hund. Die Männer eilen hinzu. Dort ist die Küche. Durch das verdreckte Fenster fällt trübes Licht auf das spärliche Mobiliar. Unmittelbar hinter der Tür steht ein Schrank quer in den Raum. Er trennt eine Nische von der Küche. Dahinter kratzt der Hund wie besessen auf den Dielenbrettern vor einer Kommode, auf der das Oberteil eines Küchenschranks steht. Es liegt, wie überall in den Räumen, etlicher Trödel auf der Kommode und hinter dem Glas des Oberteils.?

Zwischen Wand und Kommode sind Bretter und Pappe geschoben. Es sieht so aus, als würde es schon immer so aussehen, als habe sich der Müll in Monaten und Jahren hier angesammelt. Aber der Hund jault und bellt und kratzt mit den Vorderbeinen auf den Dielen.

»Hier ist was, Genosse Major«, sagt der Hundeführer

und reißt das Tier am Halsband aus der Buchte zwischen Schrank und Kommode.

Wenzel fragt vorsichtshalber nach. »Könnte es auch eine tote Ratte, ein Marder oder ein anderes Tier sein, was er verbellt?«

Der Hundeführer blickt beleidigt. »Er kann sehr wohl unterscheiden. Dafür verbürge ich mich.«

»Schon gut«, sagt Wenzel, »Sie können draußen warten und frische Luft atmen.« Er ruft nach den Kriminaltechnikern. »Zuerst der Fotograf.« Bevor sie die Ecke freiräumen und die Dielenbretter anheben, muss alles dokumentiert sein.

Der ABV kümmert sich um Peschel. Der sitzt nebenan im Wohnzimmer und raucht schweigend, als gehe ihn das alles nichts an. Er scheint abwesend. Auf Schulzes Fragen reagiert er nicht. Apathisch zieht er an seiner »Karo«. Es ist das billigste Kraut, das es in der DDR gibt, der blanke Tabak mit Strünken, weshalb der Volksmund die Marke »Lungentorpedo« nennt. Schulze ist Nichtraucher, Tabakqualm löst bei ihm Kopfschmerz aus, insbesondere am Vormittag, wenn die Ganglien frisch und noch nicht abgestumpft sind. Doch momentan ist er für die Wolken, die Peschel produziert, fast dankbar. Sie überlagern den widerlichen Gestank.

Schulze geht dennoch zum Fenster, vor dem Peschel auf einem Stuhl hockt, und versucht es zu öffnen. Der Griff lässt sich nur schwer bewegen, und er muss kräftig ziehen, als die Verriegelung oben und unten aus der Arretierung gefahren ist. Der Rahmen ist verzogen, seit Jahren wurde das Fenster nicht geöffnet. Dann endlich springt es knarzend aus den Rahmen, durch die Scheibe zieht sich nunmehr ein Riss. Oh, entfährt es Schulze, doch Peschel hat davon nichts mitbekommen. Er ist völlig entrückt und bemerkt nicht einmal, als die Männer nebenan die Möbel verrücken.

Wenzel und der Major erteilen die Anweisungen. Die Kriminaltechniker müssen richtig ran, es ist eine ziemliche

Schinderei, zudem von Ekel begleitet. Dann aber ist die Ecke freigelegt. Wieder erleuchten grelle Lichtblitze den Raum, der Fotograf nimmt jedes Detail auf.

Wenzel geht in die Knie. Er sieht die durchtrennten Dielenbretter, welche passgenau wieder eingefügt und mit Kitt abgedichtet wurden. Weiße Schmierspuren, vermutlich mit einem nassen Lappen erzeugt, ziehen sich über die Bretter.

»Gips«, sagt der Major. »Hier wurde auch mit Gips gearbeitet.«

Und nachdem der Fotograf alles im Kasten hat, kommt der entscheidende Befehl: »Öffnen.«

»Womit?«, fragt einer der Kriminaltechniker. Sie brauchen eine Brechstange oder zumindest einen Kuhfuß, um die Dielenbretter aufzuhebeln. In ihrem Koffer haben sie nur das kleine Besteck.

Wenzel ist ungehalten. »Schaut euch doch mal um. Hier wird sich doch bestimmt so was finden. Der hat doch die Bretter auch anheben müssen.«

Inzwischen ist sich auch der Hauptmann sicher, dass sich unter den Dielen etwas befindet. Irgendetwas, vielleicht auch die Kindsleiche. Denn dass hier erst jüngst gearbeitet wurde, steht außerhalb jeden Zweifels. Dass die Spuren absichtsvoll unter einer Kommode versteckt wurden, verstärkt die Vermutung. Wenn etwas derart aufwendig verborgen wurde, muss es dafür Gründe geben.

Die Suche nach einem Brecheisen ist erfolgreich, einer der Kriminalisten bohrt die Spitze in die Fuge. Das Brettstück fliegt sofort raus, es wurde nicht vernagelt, sondern nur unter die Scheuerleiste geschoben und dann vergipst.

Aus dem Loch steigt süßlicher Verwesungsgeruch. Erwin Wenzel und der Major schauen sich an, über das Gesicht des einen huscht erkennbar Befriedigung. Sein Instinkt hat nicht getrogen, er hat Recht behalten.

In Windeseile fliegen die restlichen Bretter beiseite. Die Männer starren auf einen beachtlichen Findling, der auf

Sand liegt. Aus dem Schüttgut jedoch ragt roter Stoff, an einer Stelle ist weißes Baumwollripp zu erkennen, das ein Kinderschlüpfer sein könnte. Die Kriminalisten wuchten den vielleicht zehn Kilogramm schweren Stein nach oben auf die Bretter und beginnen vorsichtig den Sand zu entfernen. Schon bald erscheinen zwei Beine, sie sind angewickelt. Das Gesäß ist nackt.

»Anheben«, kommandiert der Major.

Die Männer ziehen den Leichnam aus der Grube.

Die Oberarme der Toten sind mit Stricken an den Körper geschnürt, das Gesicht ist zerschrunden und in Auflösung begriffen. Das Mädchen trägt noch alle Kleidung, bis auf die Unterhose. Dass es sich um Roswitha handelt, ist auch unschwer an der dabeiliegenden Tasche und an dem Einkaufsnetz zu erkennen, von denen die Mutter sprach.

Erwin Wenzel wendet angewidert den Blick. Er weiß, was zu tun ist.

Im Volkspolizeikreisamt führt Wenzel die erste Vernehmung selbst. Der Richter hat Haftbefehl erlassen, die Kindsleiche ist in die Gerichtsmedizin nach Dresden überstellt worden, die Eltern sind informiert. Sie wollten, was verständlich ist, Roswitha unbedingt sehen. Wenzel hat ihnen klarzumachen versucht, dass es für ihre Erinnerung besser sei, sie würden nur jene Bilder ihrer Tochter im Kopf behalten, welche sich derzeit dort befinden. Er sagte nicht: Wissen Sie, wie ein Toter nach zwei Wochen ausschaut, wenn sich die Zellen aufzulösen beginnen und Maden in den Wunden nisten? Nein, das ist wahrlich kein erbaulicher Anblick, und erst recht nicht, wenn es sich um den liebsten Menschen handelt, den man durch rohe Gewalt verlor. – Das alles sagte er nicht, sondern er verwies auf die Erinnerung an glückliche gemeinsame Tage, wofür er den Unmut von Gertrud Buder zu spüren bekam. Logik und Gefühl gehen in Momenten des Schmerzes selten eine Ehe ein.

Nach der Aufnahme der Personalien mustert der Kriminalist Kuno Peschel sehr aufmerksam. Offenkundig hat man ihn in der U-Haftanstalt unter die Dusche gesteckt und, abweichend von der üblichen Praxis, auch in Anstaltsdrillich gesteckt.

»Also, Herr Peschel, nun erzählen Sie mal.«

Der Angesprochene schweigt und starrt vor sich auf den Fußboden.

»Kommen Sie«, insistiert Wenzel, »Sie waren uns doch schon behilflich bei der Aufnahme Ihrer Personaldaten. Da können Sie uns doch auch noch den Rest erzählen.«

Peschel bohrt mit Blicken Löcher ins Linoleum.

»War am Montag, dem 19. Juli, Roswitha Buder in Ihrer Wohnung?«

Peschel regt sich nach einer Weile. »Das habe ich dem ABV schon alles erklärt. Ja, das Mädchen war bei mir. Sie wollte Flaschen und Altpapier.«

»Und?«

»Was und?«

»Haben Sie ihr was gegeben? Blieb sie lange im Haus? Lassen Sie sich doch nicht alles aus der Nase ziehen.« Wenzel wirkt gereizt.

»Ich habe mich nicht gut gefühlt und sie gleich wieder weggeschickt.«

»Ist das alles? Wie kommt dann die Leiche in Ihre Wohnung?«

Peschel versinkt erneut in sich. Dann kommt: »Kann ich was zu trinken haben?«

»Gleich. Ich will erst von Ihnen wissen, was am Montag in Ihrer Wohnung geschehen ist.«

»Nichts. Ich sagte doch schon, dass ich das Mädchen weggeschickt habe.«

»Haben Sie ihr etwas gesagt, vielleicht: Komm morgen wieder, oder so etwas?«

Peschel kehrt seinen Blick nach innen, so, als suche er dort nach der abhanden gekommenen Erinnerung. Oder nach einer Ausrede, einer Finte? Wenzel sieht die verdrehten Augen. Vielleicht tickt der nicht richtig? Hatte der ABV nicht erzählt, dass Peschel mehrmals in psychiatrischen Kliniken war?

Kuno Peschel ist wieder da. »Ja, habe ich gesagt: Sie soll morgen wieder kommen. Und dann ist sie gegangen. Ab durch die Tür und raus. Kann ich jetzt etwas zu trinken haben? Ich bin müde. Ich möchte schlafen.«

Hauptmann Wenzel nickt. Er weiß, dass es im Moment wenig bringt, den Beschuldigten, wie es im Amtsdeutsch heißt, weiter zu befragen. »In Ordnung«, sagt er und drückt auf den Klingelkopf.

In der Tür erscheint ein Uniformierter.

Oberleutnant Drechsler vernimmt am darauf folgenden Tag im gleichen Gebäude Irmgard Peschel, geborene Vallentin. Sie war »zur Klärung eines Sachverhalts«, wie es auf den Vordrucken heißt, kurzfristig ins Volkspolizeikreisamt Görlitz einbestellt worden. Sie soll den Ermittlungsbehörden behilflich sein, die Persönlichkeit des Tatverdächtigen, also ihres Ex-Mannes, zu bestimmen. Drechsler nennt nicht den ursächlichen Grund, weshalb Kuno Peschel inhaftiert wurde, sondern nur, dass er in Untersuchungshaft genommen worden ist.

»Frau Peschel«, beginnt der Oberleutnant vorsichtig, »wann hatten Sie zum letzten Mal Kontakt zu Ihrem Mann?«

»Zu meinem ehemaligen Mann«, verbessert sie den Fragesteller. »Unsere Ehe wurde im Vorjahr geschieden.«

»Sie haben aber noch Verbindung?«

»Ja, wegen der Kinder. Er ist immerhin der Vater. Deshalb waren wir auch am Dienstagabend, dem 20. Juli, bei ihm. Das war so nach 19 Uhr.«

Drechsler unterdrückt seine Überraschung und hämmert die Aussage in die Schreibmaschine.

»Ist Ihnen irgendetwas aufgefallen?«

»Nein, nicht die Spur. Die Wohnung war unaufgeräumt wie immer und Kuno angesoffen, auch wie immer. Wir waren nur kurz da, die Kinder drängelten, und ich hatte auch keine Lust zum Bleiben. Seit Dienstag habe ich ihn nicht mehr gesehen.« Wie zur Bekräftigung nickt sie mit dem Kopf. Es herrscht Stille im Raum, dass nur durch das Klacken der Schreibmaschine zerhackt wird.

Drechsler formuliert lehrbuchreif. »Frage: Auf wessen Betreiben wurde die Ehe geschieden, und was war der Grund?«

Die Mittdreißigerin mustert ihn aus zusammengekniffenen Augen. Sie wisse nicht, was das die Polizei zu interessieren hat.

Drechsler lächelt, um die Frage zu entschärfen. Er hat sein freundlichstes Gesicht aufgesetzt und die Finger von den Tasten genommen, so, als wolle er nur plaudern. »Ich möchte mir lediglich ein Bild machen, was Ihr Geschiedener für ein Mensch ist. Nur so. Sie brauchen nicht zu fürchten, dass Ihre Aussagen in irgendeiner Form gegen Herrn Peschel verwandt werden.« Er setzt also noch einmal an.

»Unsere Ehe war keine sehr gute«, beginnt sie. »Und wenn nicht die Kinder gewesen wären, hätte ich mich schon wesentlich früher aus dem Staub gemacht. Ich habe mehrmals die Scheidung eingereicht, doch er hat mich jedes Mal wieder rumgekriegt, und ich habe einen Rückzieher gemacht. 1964 hat er plötzlich selbst die Scheidung beantragt, und die wurde dann auch ausgesprochen. Ich war damals schon lange mit den drei Kindern ausgezogen. Es ging einfach nicht mehr.«

Plötzlich bricht es aus ihr heraus. Tränen beginnen zu fließen, sie greift nach dem Taschentuch und schneuzt sich kräftig. Drechsler ist es unangenehm, in einer offensichtlich unverheilten Wunde gestochert zu haben. Er schweigt. Doch er ist ja kein Therapeut, sondern Ermittler, deshalb ist die von ihm bewilligte Schonfrist auf wenige Minuten begrenzt.

»Warum wollten Sie weg? Wegen seines unsteten Lebenswandels, seiner Sauferei …?«

»Wegen allem. Er hielt es an keiner Arbeitsstelle lange aus. Nach wenigen Monaten, manchmal schon nach Wochen, warf er alles hin. Ich konnte darauf warten. Und immer waren die anderen daran schuld, er wähnte sich unschuldig. Dann kam noch die Trinkerei hinzu, sein Umgang mit den anderen Pennern, seine Spinnereien von der Fremdenlegion und der ganze andere Quatsch, die rohe Gewalt …« Sie zögert, aber setzt fort, offenbar ist ihr nun alles egal. Fast scheint es, als erleichtere es sie, endlich einmal erzählen zu können, was ihr in den letzten Jahren alles geschehen ist. Es fließt aus ihr heraus, als habe Drechsler eine Schleuse geöffnet. Er ist klug genug, den Redefluss nicht durch Zwischenfragen oder das Tippen der Aussagen zu bremsen. Das kann er alles noch nachtragen.

»Der ist doch nicht ganz dicht«, sagt sie. »Wenn er im Bett nicht bekommen hat, was er wollte, hat er mich gewürgt. Je fester er zudrückte, desto erregter wurde er. Erst wenn ich mich nicht mehr wehrte und nachgab, lockerte er den Griff. Und dann hat er auch wieder gekonnt.«

»Hat er Sie jedes Mal gewürgt?«

»Nein, das war ja das Komische: Es war nie vorhersehbar. Meist ging es ohne Gewalt ab. Der wollte und konnte ja immer.« Wieder bricht sie ab, als lausche sie ihren letzten Sätzen nach. »Der ist doch nicht ganz dicht«, wiederholt sie dann.

»Ein überdurchschnittlicher Sexualtrieb bedeutet ja noch nicht, dass man verrückt sein muss«, hält Drechsler dagegen.

»Das mein' ich doch nicht. Deshalb hat mich das anfangs auch nicht gestört mit der Würgerei und so. Ich dachte, naiv wie ich damals war, jedem Tierchen sein Pläsierchen. Wenn es ihm Spaß macht, beim Verkehr zu würgen: Bitte, ich hab's ja bisher immer überlebt. Nein, ich meine diesen anderen Quatsch. Das war doch einfach widerlich.«

Sie schüttelt sich und schnieft erneut ins Tuch.

»Was meinen Sie damit?« Oberleutnant Drechsler hat keine Ahnung, er kann die Andeutungen nicht entschlüsseln. Nicht der Hauch einer Vermutung bevölkert sein Hirn.

»Was glauben Sie, warum der auf dem Friedhof zu arbeiten begonnen hat?«

Drechsler hebt die Schultern. »Wegen der Wohnung?«

Irmgard Peschel macht eine wegwerfende Handbewegung. »Unsinn. Wegen der Leichen.«

Der Kriminalist lehnt sich auf seinem Stuhl zurück. Was soll er darunter verstehen? Sein Blick verrät ihn.

»Ich habe ihn einige Male in der Leichenhalle gesehen, dort, wo die Toten aufgebahrt werden.«

»Es ist nicht ungewöhnlich, dass ein Friedhofswärter auch dort zu tun hat.«

Die Frau lacht hell auf, obwohl sie bis vor kurzem noch in Tränen zerfloss.

»Er hat sich dort befriedigt.«

Drechsler versteht das nicht, seine Fantasie bewegt sich auf schmalem Gleis. Zur Vergewisserung fragt er nach, was sie damit meine.

»Mann, er hat sich einen runtergeholt. Am offenen Sarg. Und einmal lag er sogar auf einer Toten.«

Ein Schauder durchzuckt Drechsler. Hat er wirklich gehört, was er soeben vernommen hat? Er zögert, spricht es aber dann doch aus. »Frau Peschel, Sie meinen, Ihr Ex-Mann sei nekrophil veranlagt?«

»Was?«

»Dass er sich zu Toten hingezogen fühlt?«

»Genau, so kann man das nennen. Das ist doch ekelhaft. Als ich ihn auf der Leiche liegen sah, hätte ich kotzen können. In der Nacht danach rollte er sich auf mich. Da bin ich zum ersten Mal abgehauen. Das war mir dann doch zu viel. Die Vorstellung, dass er wenige Stunden zuvor …«

Statt der Fortsetzung des Satzes kommt hysterisches Lachen. Die Frau ist der Verzweiflung nahe.

»Nun beruhigen Sie sich doch, Frau Peschel.«

»Ich sollte meinen Mädchennamen wieder annehmen«, sagt sie unvermittelt.

»Haben Sie damals mit Ihrem Mann darüber gesprochen? Hat er gewusst, dass Sie von seinen – sagen wir mal: abartigen – Neigungen Kenntnis hatten?«

Sie schüttelt den Kopf. »Das Einzige, was ich – nach seiner Wahrnehmung – mitbekommen habe, war dieser Tunnel.«

»Was für ein Tunnel?«

»Er hat doch tatsächlich in der Ecke von der Küche angefangen, einen Gang hinüber zum Nikolaifriedhof zu buddeln. Er wollte von unserem Haus – stellen Sie sich das einmal vor – unbemerkt in die Gruft auf der anderen Seite der Mauer gelangen. Seit Monaten hat er dort gegraben. Als ich beim letzten Mal dort war …«

»… am 20. Juli«, wirft Drechsler dazwischen.

»Genau, an jenem Dienstag, da stand wieder die Kommode und der Schrankaufsatz in der Ecke. Ich nahm erleichtert an, dass er seinen Plan aufgegeben hat.«

Der Oberleutnant glaubt, dass er an dieser Stelle der Frau reinen Wein einschenken kann. Irgendwann muss er es ihr sowieso sagen, denn zum Prozess wird sie als Zeugin vorgeladen werden. Das kann er gar nicht verhindern, selbst wenn er es wollte. Doch dazu sieht er keine Veranlassung. Zur Wahrheitsfindung müssen alle befragt werden, auch sie.

»Wir haben unter den Dielen an eben jener Stelle, die Sie beschrieben haben, die tote Roswitha Buder gefunden«, sagt Drechsler mit tonloser Stimme.

Pause. Dann: »Seit wann lag sie dort?«

»Vermutlich seit Dienstagvormittag.«

»Wollen Sie damit sagen, die Kleine lag unter den Küchendielen, als ich mit meinen Kindern am Dienstagabend dort war?«

Drechsler nickt. »Das heißt es. Deshalb habe ich Sie ja auch eingangs gefragt, ob Ihnen etwas aufgefallen sei.«

»O mein Gott«, stöhnt die Frau auf und schüttelt den Kopf. »Das kann doch nicht wahr sein.« Dann schweigt sie. Drechsler beobachtet sie und sagt nichts. Diese Nachricht muss sie erst einmal verarbeiten. Es dauert Minuten, ehe sie sich gesammelt hat.

»Nein, mir ist nichts aufgefallen, überhaupt nichts. Er war fahrig wie immer, die Küche mistig wie üblich, und auch die beiden Eimer waren leer, mit denen er immer den Sand, den er aus dem Loch holte, nach draußen in den Garten trug. Auch deshalb glaubte ich, dass er die Buddelei aufgegeben hat.«

»Der Sand lag auf dem Mädchen«, sagte Drechsler, »und dazu ein großer Stein.«

»Ja, den hatte er einmal aus dem Loch geholt, ganz am Anfang, als er zu buddeln begann. Er lag die ganze Zeit in der Küche unterm Tisch. Schrecklich.«

Irmgard Peschel greift erneut zum Taschentuch. »Ich sag doch, der ist krank.« Sie schlägt sich mit der flachen Hand an die Stirn. »Oder nicht? Welcher gesunde Mensch gräbt einen Tunnel zu einer Friedhofsgruft? Wozu? Um mit den Gerippen zu schlafen? Erklären Sie es mir?«

»Das kann ich nicht. Ich habe keine Ahnung, was Menschen dazu veranlasst, Lust an solchen Orten zu verspüren. Wirklich nicht.«

»Hat er sie …?«

»Missbraucht?«

»Hm.«

»Das wissen wir nicht. Roswithas Leiche wird gegenwärtig in Dresden obduziert. Die Gerichtsmediziner werden das herausfinden, ebenso die Todesursache. Wir kennen sie noch nicht. Auf den ersten Blick waren jedenfalls keine Wunden oder andere auffällige Merkmale von Gewaltanwendung zu erkennen. Keine Messerstiche oder dergleichen.«

Die Frau schüttelt den Kopf. Das glaube sie auch nicht, dazu ist er nicht fähig, sagt sie ziemlich überzeugt. Er habe immer nur gewürgt, nie geschlagen oder gar Werkzeuge dafür benutzt. Er wäre zwar wie besessen gewesen, wenn er einen Ständer und die Hand um den Hals gekrallt habe, doch mit einem Messer oder einem anderen Instrument … Nein, das habe sie nie erleben müssen.

»Fühlte er sich zu kleinen Mädchen hingezogen?« Drechsler geht auch dieser Vermutung nach.

Irmgard Peschel verneint zunächst, korrigiert sich jedoch alsbald. Es sei ihr nicht aufgefallen, dass ihr Mann sich für Kinder besonders interessiert habe. Nur einmal, dass liege inzwischen zwei Jahre zurück, habe sie ihn auf dem Friedhof ertappt, als er so ein junges Ding – das Mädchen war nach ihrer Schätzung so um die zwölf Jahre alt – gewürgt habe. Jetzt, darauf aufmerksam gemacht, werde ihr bewusst, dass er sich in einem vergleichbaren Erregungszustand befunden habe wie daheim im Ehebett, wenn er ihr die Gurgel zudrückte. »Naja, aber ich glaube trotzdem nicht, dass er eine besondere Schwäche für Mädchen hat. Nein, das gewiss nicht«, fügt sie wie zur Bekräftigung noch an.

Drechsler ist sich nicht sicher, ob er dem Urteil der Zeugin folgen kann. Welche reife Frau, Mutter von drei Kindern überdies, würde zugeben, dass ihr Mann – bei allem Hass – ein pubertierendes Mädchen ihr vorzieht? Solche Details aber würden die Gerichtsmedizin, die Gutachter und die Aussagen des vermutlichen Täters ergeben.

Oberleutnant Drechsler tippt das Vernehmungsprotokoll in die Maschine. Er reduziert es auf die relevanten Aussagen, die er für gerichtsverwertbar hält, und reicht ihr anschließend die Seiten zum Lesen. »Wenn Sie damit einverstanden sind, quittieren Sie rechts unten. Und zwar jede Seite.«

»Und wenn ich mich falsch wiedergegeben finde?«

»Dann zeigen Sie mir die Stelle, wir sprechen darüber, und wenn eine Korrektur unvermeidlich ist, dann streichen wir, und Sie führen diese handschriftlich aus. Dann setzen Sie hinzu: geändert, Irmgard Peschel.«

»Diese Bürokratie«, stöhnt die Frau und macht sich an die Lektüre.

»Wir sind ein Rechtsstaat«, sagt Drechsler. »Da muss auch später klar in den Unterlagen erkennbar sein, wer da was geändert hat. Ohne Unterschrift, sagt dann der Richter, akzeptiere er die Änderung nicht, die könne ja jeder – auch die Polizei – vorgenommen haben. Verstehen Sie?«

Sie versteht und fügt sich in die Übung.

Zwei Tage später liegt der Obduktionsbericht vor. Er ist von Frau Dr. med. Falk unterzeichnet. Wenzel hat alle mit dem Fall betrauten Kriminalisten ins Beratungszimmer einbestellt. Sie haben, wie er meint, nicht nur einen Anspruch darauf zu erfahren, auf welche Weise Roswitha Buder starb. Da noch immer Zeugen vernommen und auch der mutmaßliche Täter von ihm befragt wird, sollen alle Beteiligten auch diesen Teil der Ermittlungen kennen.

Wenzel spricht noch immer vom mutmaßlichen Täter, obwohl sich alle sicher sind, dass Peschel die Elfjährige ermordet und unter den Küchendielen versteckt hatte. Doch so lange der vermeintliche Täter kein Geständnis abgelegt hat und die Beweise nicht absolut wasserdicht sind, welche ihn der Tat überführen, bleibt es bei dem Attribut »mutmaßlich«. Da ist Wenzel ganz eigen.

»Genossen«, beginnt der Leiter der Kriminalpolizei von Görlitz ganz förmlich und offiziell, »aus Dresden ist der Obduktionsbericht eingegangen. Ich fasse diesen kurz zusammen. Erstens: Roswitha Buder ist erwürgt worden, also Tod durch Ersticken. Es fanden sich keine weiteren Hinweise auf äußere Gewalteinwirkungen. Keine Verletzungen, keine Spuren von Fesselungen – die post mortem beigebrachten ausgenommen. Zweitens: Sie ist nicht vergewaltigt worden. Es hat keinerlei Verkehr stattgefunden, weder anal noch vaginal.«

Es geht ein Aufatmen durch den Raum. Als wäre dadurch der Tod des kleinen Mädchens erträglicher.

»Aber was ist mit dem Schlüpfer? Der lag doch dabei. Sie war nackt unterm Rock, wie wir gesehen haben.« Drechsler stellt diese Frage, die in diesem Zusammenhang nicht unerheblich ist.

Wenzel zögert. »An dem Punkt bin ich noch nicht bei der Vernehmung. Aber der Verdacht liegt nahe, da hast du völlig Recht, dass zumindest der Versuch eines sexuellen Missbrauchs vorliegt.«

Die Männer kehren an ihre Schreibtische zurück.

Eine Stunde später wird Kuno Peschel erneut vorgeführt. Hauptmann Wenzel setzt die Vernehmung fort. Für ihn steht außer Frage, dass in ein, zwei Tagen der Fall von seiner Seite geklärt sein wird. Danach wird alles von der K fein säuberlich dokumentiert und zusammengetragen. Das wird einige Tage dauern. Danach wird er diese Beweismittelakte der Staatsanwaltschaft übergeben, die daraus die Klage formulieren und das juristische Prozedere auf den Weg bringen wird. Alles andere ist dann nicht mehr seine Sache.

Peschel nimmt auf dem Hocker vor Wenzels Schreibtisch Platz. Im Unterschied zu Drechsler, der die Vernehmungsprotokolle selber in die Maschine hauen muss, hat Wenzel eine Schreibkraft. So kann er sich auf die Fragen und den Tatverdächtigen konzentrieren und keine Zeit darauf verschwenden, ob er genügend Durchschläge in die Maschine gespannt hat, ob das Kohlepapier noch ausreicht und die Zahl der Schreibfehler die zulässige Höchstgrenze nicht übersteigt.

»Na, gut geschlafen?«, eröffnet Wenzel launig die Vernehmung. Er weiß, ein aufmunterndes Wort zu Beginn wirkt manchmal Wunder. Doch bei Peschel verfängt das nicht. Der knurrt nur unverständliches Zeug, was offenkundig eine Missfallensbekundung darstellt. Der Hauptmann überhört das geflissentlich und schaut zum Fenster. Regen klatscht an die Scheiben, es ist derart trübe, dass er sich entschließt, den Lichtschalter zu betätigen. Die Meteorologen prophezeien keine Wetterbesserung auf absehbare Zeit. Jetzt möchte er auch nicht an der Ostsee oder irgendwo sonst zelten. Fast ist er dankbar, dass ihn die Urlaubssperre daran hindert, sein Zelt auf Usedom aufzuschlagen.

»Herr Peschel«, beginnt er, nachdem er wieder auf seinem Stuhl Platz genommen hat, »Sie sind bei Bewusstsein und klarem Verstand? Wir können die Vernehmung also fortsetzen?«

Auf das vernehmliche Grunzen, das Wenzel als Zustimmung wertet, diktiert er der Schreibkraft: »Der vorgeführte Tatbeschuldigte erklärt zu Beginn der Vernehmung, dass er im Vollbesitz seiner Kräfte und bereit ist auszusagen. – So, Herr Peschel, wir haben beim letzten Mal geendet, dass Sie Roswitha Buder am Montag abgewimmelt und sie für Dienstag bestellt hatten. So weit richtig? Wann kam sie zu Ihnen?«

Peschel grummelt. Wenzel ist ungehalten. »Sie müssen schon etwas lauter sprechen, damit ich Sie verstehe. Wann also kam das Mädchen am Dienstag zu Ihnen ins Haus?«

»Kann so gegen 10 Uhr gewesen sein. Ich habe keine Uhr. Ich richte mich immer nach dem Schlagen der Kirchturmuhr.«

»Kam sie allein? Machten Sie ihr die Tür auf?«

»Meine Tür steht immer offen, ich schließe nie ab. Ich habe gar keinen Schlüssel.«

»Das heißt, das Mädchen ist einfach so zu Ihnen ins Haus gekommen?«

»Nee, nee, nicht einfach. Die hat angeklopft, wie sich das gehört. Und ich habe ›Herein‹ gesagt.«

»Wo befanden Sie sich?«

»Ich lag auf dem Bett im Wohnzimmer.«

»Bekleidet?«

»Wie man's nimmt. Ich hatte ein Unterhemd und die Badehose an.«

»Das war Ihr Schlafzeug?«

»Kann man so sagen.«

»Und dann?«

»Ich habe ihr gesagt, dass es ziemlich früh sei und ich noch nicht mit ihr gerechnet habe. Sie meinte, es klappe so besser. Ich bin dann aufgestanden und habe aus dem Wohnzimmerschrank ein paar alte Zeitungen geholt, die dort lagen. Sie hat sie auf den Fußboden gelegt und glatt gemacht. So.«

Dann verstummt Peschel.

»Was ist danach passiert?«

»Darüber grüble ich auch schon die ganze Zeit. Ich weiß es nicht. Ich kann mich erst wieder erinnern, als ich sie röchelnd am Boden liegen sah. Dazwischen ist ein dunkles Loch.«

»Haben Sie häufiger ›Erinnerungslücken‹?« Wenzel bleibt ruhig und gelassen, er tut so, als wäre es das Normalste von der Welt, dass jemand einen Blackout hat. Insbesondere dann, wenn es ganz wichtig ist sich zu erinnern.

Hm, grunzt Peschel wieder, das käme hin und wieder vor. Vor allem wenn er, wie solle er sagen …

»Wenn Sie sexuell erregt sind?«

»Ja, so ungefähr. Also wenn ich einen Steifen kriege, dann bin ich irgendwie weg.«

Wenzel kommentiert, das sei nicht ungewöhnlich, man sage ja auch, dass Liebe blind mache, womit gemeint ist, dass sich der Verstand ausschalte, wenn man verliebt oder eben erregt sei. »Und das ist jedes Mal so, wenn Sie erregt sind?«

»Jedes Mal nicht. Nur manchmal.«

»Als Roswitha bei Ihnen war, verhielt es sich so? Sie waren erregt?«

»Vermutlich. Ich kann mich jedenfalls nicht erinnern.«

»Sie hatte keinen Schlüpfer an, als wir sie fanden.«

Peschel zuckt mit der Schulter.

»Den wird sie wohl kaum selbst ausgezogen haben. Oder?«

»Ich weiß es doch nicht. Ich kann mich an nichts erinnern.« Peschel verdreht die Augen.

Wenzel glaubt ihm nicht. »Herr Peschel, für das Gericht ist es unerheblich, ob Sie das Mädchen sexuell genötigt oder missbraucht haben, bevor Sie es töteten. Mord bleibt Mord. Aber wenn der Tathergang rekonstruiert wird, ergeben sich vielleicht auch entlastende Umstände für Sie. Sehen Sie«, Wenzel wird ganz weich und pastoral, »es gab nur zwei Menschen in der Wohnung. Der eine ist tot. Was sich dort zutrug, kann also nur der Überlebende berichten, also Sie. Damit entlasten Sie doch auch Ihr Gewissen.«

»Würde ich gern. Aber ich weiß nicht, was in dieser Zeit geschah, was ich getan habe oder nicht getan habe. Das letzte Bild, was ich im Kopf habe, ist wie sie auf dem Boden kniet und die Zeitungen glatt streicht. Und das erste wieder, als sie vor mir auf dem Boden liegt.«

Wenzel versucht eine Brücke zu bauen. »Bei der gerichtsmedizinischen Untersuchung der Leiche wurde eindeutig festgestellt, dass Sie sie nicht vergewaltigt haben.«

»Kann sein. Ganz bestimmt nicht.«

»Ach, und daran können Sie sich plötzlich erinnern, ja?« Wenzel hat den Eindruck, als würde Peschel ihn auf die Nudel schieben.

»Naja, wenn ich so einen Aussetzer habe, nachdem ich so erregt war, läuft überhaupt nichts mehr. Das ist immer so bei mir. Halt, jetzt fällt mir wieder ein: Das Mädchen hat gefragt: ›Onkel, warum zitterst du so?‹«

»Und dann sind Sie weggetreten?« Wenzel durchbohrt Peschel mit Blicken. »Diesen Unsinn soll ich Ihnen glauben? Das Mädchen kommt in Ihr Haus. Sie geben Ihr Altpapier, sind dabei sexuell erregt. Das Kind fragt: Warum zitterst du so?, dann beginnt bei Ihnen die Amnesie, und ihr Gehirn arbeitet erst wieder, als die Kleine tot auf dem Boden lag.«

»Sie war nicht tot.«

»Daran können Sie sich plötzlich auch wieder erinnern?«

»Nein, sie atmete noch. Sie hat geröchelt. Ich habe ihr eine Spritze geben wollen …«

»Eine Spritze? Wo kommt die denn auf einmal her?«

»Ich experimentiere mit Chemikalien, ist ein Hobby von mir. Auf der Kommode in der Küche haben Sie das Zeug vielleicht liegen sehen.«

»Was wollten Sie ihr denn injizieren?«

»Ein Herzstärkungsmittel.«

»Das hatten Sie auch zufällig zur Hand«, höhnt Wenzel. »Und dann haben Sie ihr die Spritze gesetzt?«

»Nein. Sie war schon tot.«

»Ach, erst röchelte sie noch, und nun war sie auf einmal tot. Wie haben Sie das festgestellt?«

»Mit dem Spiegel. Ich habe ihr einen Spiegel vor Nase und Mund gehalten. Der beschlägt ja, wenn man dagegen atmet. Aber hier blieb er klar. Außerdem verfärbten sich ihre Lippen, sie waren ganz blass und blutleer.«

»Und dann haben sie den Leichnam des Mädchens in die Grube geworfen.«

»Nicht gleich. Ich bin erst einmal in die Stadt gegangen.«

»Warum? Und wohin?«

»Ich musste einfach raus. Weg. War völlig durcheinander. Ich bin völlig ziellos umhergelaufen und erst am Nachmittag wieder ins Haus zurückgekehrt.«

»Und unterwegs ist Ihnen die Idee gekommen, wo Sie das tote Kind verstecken könnten.«

»Ja, so ungefähr. Ich habe sie also in das Loch in der Küche versenkt, aber ihre Arme und Beine standen immer ab. Sie sollte doch in der Grube hocken, verstehen Sie. Also habe ich sie wieder herausgeholt, mit einer Wäscheleine die Arme verschnürt und kopfüber in die Grube geworfen, den Schlüpfer ebenso, das Netz und ihre Tasche auch. Danach habe ich noch den Sand vom Aushub aus den beiden Eimern darauf geschüttet, den Stein dazu, Dielenbretter darauf, fertig. Ich hatte gerade die Kommode an die Wand geschoben, als meine Frau mit den Kindern kam. Sie blieben aber nicht lange und hauten schon bald wieder ab.«

Wenzel schüttelt den Kopf. »Fürchteten Sie nicht, dass man irgendwann den Verwesungsgeruch bemerken würde?«

Zum ersten Mal verzieht Kuno Peschel sein Gesicht, ein Grinsen umspielt die Mundwinkel. Aber er sagt nichts.

Wenzel langt nach einem Papierstoß, der links von ihm die ganze Zeit auf dem Tisch lag. »Ich habe hier das Gutachten des Instituts für gerichtliche Medizin der Medizinischen Akademie Dresden vom 6. August. Der Tod ist, ich sagte es bereits, durch Erwürgen eingetreten. Man hat dies festgestellt anhand einer pfenniggroßen Unterblutung der Haut und der Muskulatur im Bereich des rechten Kieferwinkels, also an der rechten Halsseite oben. Sie haben dem Mädchen mit einer Hand derart die Luft abgedrückt, dass sie keine Luft mehr bekam und erstickte.«

»Ich weiß das nicht mehr«, beteuert Peschel.

»Aber die Gerichtsmediziner schreiben auch, dass es keine Spuren einer Vergewaltigung gibt. Das steht also fest. Bleibt also nur der Verdacht sexuellen Missbrauchs – den Sie ausräumen können oder eben nicht. Das liegt ganz bei Ihnen.«

»Wollen würde ich schon, aber ich kann es nicht.«

»Gut«, sagt Wenzel. »Schließen wir heute erst einmal ab. Morgen wird es ein Gespräch mit einer Psychologin geben. Ich werde mit dabei sein.« Der Hauptmann erhebt sich und zögert einen Moment, Peschel zum Abschied die Hand zu reichen. Dieser würde sie mit jener ergreifen, mit der er Roswitha Buder erwürgt hat. Die Vorstellung lässt Wenzel die Hand rasch zurückziehen. Nein, irgendwo gibt es Grenzen.

Bevor am nächsten Morgen Peschel erneut ins Vernehmerzimmer geführt wird, gibt es dort eine ziemlich heftige Auseinandersetzung. Die Medizinerin ist strikt dagegen, dass eine weitere Person zugegen ist, wenn sie mit dem Tatverdächtigen spricht. Um sich zu öffnen, brauche Peschel eine Atmosphäre des Vertrauens, erklärt sie. Diese würde sich nicht herstellen lassen, wenn ein Polizist dabeisäße.

Wenzel versteht den Einwand von Dr. Falk durchaus, hält aber dagegen. Peschel sei nach seiner Überzeugung ein harter Hund, kein Sensibelchen, das man in Watte packen müsse. Der werde es schon verkraften, wenn er mit im Zimmer wäre, schließlich kenne man sich. Zudem, und darauf legt Wenzel erkennbar Wert, habe man es mit einem Mörder und offenkundigen Psychopathen zu tun. Er könne nicht riskieren, Frau Doktor mit diesem Mann allein in einem Raum zu lassen.

Die Psychologin lächelt, womit sie ihm zu verstehen gibt, dass sie seine Sorge für ein wenig überzogen hält. »Aber kommen Sie mir später nicht mit dem Vorwurf, ich hätte nichts herausbekommen.«

Peschel nimmt wie gewohnt auf dem Hocker vorm Schreibtisch Platz. Als er hereingeführt wurde, hatte die Psychologin ihm die Hand gereicht, die er, wenngleich von der Geste überrascht, dankbar ergriff. Der Handdruck ist erstaunlich weich, findet die Frau. Wenzel kommt um diese Übung herum, da er sich nach dem Eintreten gleich auf den Stuhl neben der Tür setzte. Von dort hat er alles im Blick, und Peschel sieht ihn nicht, was den Intentionen der Medizinerin auf seinem Platz hinterm Schreibtisch dienlich ist.

Sie macht ein paar einführende Bemerkungen. Es gehe ihr ausschließlich darum zu erfahren, was er für ein Mensch sei, sagt sie. Es interessiere sie nicht, was er angeblich getan hat. Darüber werde sie sich überhaupt nicht mit ihm unterhalten. Es würde auch kein Protokoll geführt werden, das er unterschreiben müsse. Sie werde sich nur wenige Notizen machen, die sie ausschließlich für sich und ihre Arbeit verwenden werde. Was hier besprochen wird, verlasse den Raum nicht.

Peschel deutet eine Drehung an.

»Auch Herr Wenzel hält sich an diese Verabredung. Wir können also so tun, als sei er nicht da. Es gibt nur Sie und mich und sonst niemanden.«

Peschel nickt.

»Ich möchte mich zunächst über Ihre Kindheit mit Ihnen unterhalten. Wie war sie? Sie sind in Görlitz 1931 zur Welt gekommen. War das für Sie eine schöne Zeit?«

»Würde ich nicht so sagen. Meine Mutter habe ich kaum gekannt, nie erfahren, wer mein Vater war. Sie hat mich oft geschlagen, mich wiederholt ins Heim gegeben. Ich bin immer wieder ausgebüxt, kam jedes Mal in eine andere Einrichtung.«

»Wann hatten Sie zum ersten Mal mit der Polizei zu tun?«

Peschel überlegt geraume Zeit. »Mit elf, glaube ich.«

»So früh schon?«

»Wir waren eine Clique von Gleichaltrigen, streunende Hunde, die zu Hause Probleme hatten. Die meisten kamen mit ihren Müttern nicht klar, die Väter waren im Krieg. Wir pennten in leer stehenden Gebäuden und klauten, um was zu essen zu haben. Wenn uns die Polizei aufgriff, kamen wir wieder ins Heim.«

»Da hatten Sie aber Glück. In jener Zeit kam man auch rasch hinter Gitter oder ins Lager.«

»Aber doch nicht als Kind.«

»O doch, asoziale Kinder haben die Nazis weggesperrt. Wenn sie in ihren Augen geistig oder körperlich behindert waren, was ihnen als minderwertig galt, geschah Schlimmeres. Haben Sie schon einmal etwas von Euthanasie gehört?«

»Nein.«

»Na, ist ja auch egal«, entgegnet die Psychologin. Sie ist nicht gekommen, um Nachhilfeunterricht in Geschichte und Sozialkunde zu geben.

»Hatten Sie damals Freunde?«

»Paul. Das war ein echter Kumpel.« Der Blick von Peschel wirkt auf einmal verträumt. Offenkundig drängen sich angenehme Bilder in seine Erinnerung.

»Der hatte eine echt tolle Mutter.«

»Inwiefern? War sie anders als Ihre eigene Mutter?«, erkundigt sich Dr. Falk. »Mütterlicher, herzlicher?«

»Sie hat mich entjungfert?«

»Wie bitte? Sie waren ein Kind.«

»Ich war zwölf«, entrüstet sich Peschel.

»Wie soll ich das verstehen?«

»Na so, wie ich es gesagt habe. Sie hat mich einmal früh in der Küche erwischt … Sie müssen wissen, dass in dem Haus die Klos unten auf dem Hof waren, und um nicht nachts runter zu müssen, wenn man mal pinkeln musste, stand dafür ein Eimer in der Küche. Sie kam dazu, als ich mit meiner Morgenlatte überm Eimer stand …«

»Waren Sie allein in der Wohnung?«

»Paul hat noch gepennt. Und einen Mann gab es auch nicht im Haus. Ich glaub, der war an der Front.«

»Sie haben also mit der Frau, die vom Alter her Ihre Mutter sein konnte, geschlafen?«

»Umgekehrt: sie hat mit mir. Sie legte mich auf dem Fußboden flach und setzte sich im Nachthemd auf mich. Ich wusste nicht, wie das geht.«

»Wie alt war die Frau?«

»Keine Ahnung. Vielleicht 30. Oder älter? Kann sein, dass sie damals so alt war wie ich heute. Zumindest war sie, was das betraf, sehr erfahren.«

»Hatten Sie auch später mit ihr Verkehr?«

»In der ersten Zeit mehrmals am Tag«, prahlt Peschel. »Ich konnte immer, und sie wollte immer. Eines Tages steckte sie mir den Finger in den Arsch, was mich richtig scharf machte. Das hat sie bemerkt. Am nächsten Tag brachte sie einen Mann, einen jungen Kriegsversehrten, mit. Er war mein Erster.«

»Sie gingen damals noch zur Schule.«

»Volksschule, bis 1946, ja. Wo liegt das Problem?«

Die Psychologin schüttelt den Kopf und notiert sich etwas auf dem Papier.

»Sie sagten, er war Ihr Erster?«

»Es wurden immer mehr. Bis sie meiner Mutter das Sorgerecht entzogen haben, als das Amt das mitkriegte. Das war aber schon nach dem Krieg. Sie wollten mich wieder ins Heim stecken, aber ich bin rüber gemacht, in die Westzone, und erst wieder zurückgekommen, als ich 18 war. Dann bin ich zur Wismut.«

»Hatten Sie dort«, die Psychologin räuspert sich verlegen, »auch so ein intensives Geschlechtsleben wie in den Jahren zuvor? Mit Männern und Frauen?«

Peschel kneift die Augen zusammen. »Kann mich nicht erinnern. Die Zeit, bevor ich im Schacht in Aue verschüttet wurde, ist irgendwie ausgelöscht. Also ich meine die Erinnerung an diese Zeit. Da sind nur noch Bruchstücke vorhanden.«

»Sie sind verschüttet worden?«

»Ja, das muss so um 1950 gewesen sein. Ich hatte mich in Eibenstock an der Bergarbeiterschule als Zimmerhauer mit Schießschein qualifiziert, und dann ist mir der Berg um die Ohren geflogen. Oder war's '51? Ich weiß es nicht mehr.«

»Wo haben Sie damals gewohnt? In einem Arbeiterwohnheim oder privat?«

»Ich war mit einer Krankenschwester aus dem Revier zusammen, Renate Oberhofer, hieß sie, glaube ich. Das ging bis Ende '53 mit ihr, dann bin ich rüber, nach Bayern.«

»War wohl nicht die große Liebe?«

Peschel bläst die Backen auf. Liebe, was ist das, soll das wohl heißen. Die Psychologin setzt nach. »Warum sind Sie abgehauen?«

»Sie hat mich zweimal in die Klappse einliefern lassen.«

»Wer? Die Frau Oberhofer?«

Er nickt.

»Warum denn das?«

»Weiß ich nicht mehr. Zweimal musste ich in die Landesheilanstalt Untergöltzsch.«

»Man kommt doch nicht in die Psychiatrie auf Veranlassung einer Privatperson.«

»Sie war Krankenschwester.«

»Sie wollen damit sagen, dass sich Ihre Freundin auch bei psychiatrischen Erkrankungen auskannte und deshalb Ihre Einlieferung in die Anstalt beantragt hat?«

»Die hat mich angeschissen. Ganz einfach.«

In das bis dahin ruhig verlaufende Gespräch zieht überraschend eine Schärfe ein, die die Ärztin nicht erwartet hatte. Dies aber signalisiert ihr, dass dort etwas bei Peschel zu finden ist, was für den aktuellen Fall von Interesse sein könnte. Einmal abgesehen von der verlotterten Kindheit, die nun deutlich von ihm beschrieben worden ist. Da gab es offensichtlich keinerlei familiäre Wärme oder gar Erziehung.

»Was meinen Sie damit?«

»Na, dass sie mich im Krankenhaus verzinkt hat, und die haben dann die Einweisung veranlasst.«

»Das habe ich schon begriffen. Mich interessiert der Grund. Es muss doch etwas gegeben haben, weshalb Ihre Freundin zu einem Arzt gegangen ist. Das machte sie doch gewiss nicht aus einer Laune heraus?«

»Natürlich war es so. Sie war launisch.«

»Mal unterstellt, dass sie aus einem Gefühl gehandelt hat, dass sie – wie Sie meinen – Sie ärgern wollte und darum anschwärzte. Deshalb veranlasst aber kein Arzt eine Überweisung in eine Nervenklinik. Er wird Sie untersucht haben und zur Auffassung gekommen sein, dass es Ihnen helfen würde, kämen Sie für einige Zeit in eine entsprechende Einrichtung. Das ist schließlich zweimal geschehen.«

Peschel sinniert, reagiert jedoch nicht. Vielleicht kann er der Logik dieser Argumentation nicht folgen, vielleicht überlegt er sich eine Antwort. Vielleicht aber hat er auch wieder mal abgeschaltet. Dr. Falk lässt ihm Zeit. Sie schaut ihm freundlich ins Gesicht, notiert etwas, blickt ihn wieder an. Die Minuten verrinnen. Peschel atmet laut und vernehmlich, den Zustand als »erregt« zu bezeichnen, wäre übertrieben. Aber er ist scheinbar innerlich bewegt.

»Sie hat gemeint, ich habe bei dem Grubenunglück einen Dachschaden erlitten«, meldet er sich zurück. »Ich sei seitdem nicht mehr ganz dicht.«

»Gab es dafür Symptome, ich meine: Was hat Frau Oberhofer damit gemeint?«

»Manchmal verlor ich die Orientierung. Ich würde die Augen verdrehen, hat sie gesagt. Die Gesichtsfarbe veränderte sich, ich bekam blaue Lippen und Fingernägel, sie behauptete, das sei Zyanose, wie es manchmal Säuglinge bekämen. Ich fühlte mich mitunter schlapp und depressiv.« Er stockt, als sei es ihm peinlich. Die Psychologin lächelt ihm aufmunternd zu. »Einige Male habe ich auch eingepisst.«

»Im Schlaf?«

»Nein, wenn ich so einen – na, nennen wir es ruhig so – Anfall hatte. Aber ich war doch nicht verrückt.«

»Haben Sie Ihre Freundin geschlagen?«

»Weil Sie mich in die Klappse stecken ließ?«

»Nein, ich meine in der ganzen Zeit ihres Zusammenseins. Haben Sie sie gequält, ihr Schmerzen zugefügt?«

»Nee, nicht das ich wüsste. Geschlagen habe ich sie nicht.«

»Oder hat es Sie sexuell erregt oder stimuliert, wenn Sie sie gewürgt haben?«

Peschel schweigt.

Die Medizinerin ist sich nicht sicher, ob er in dieser Frage eine Falle wittert. Aber was heißt »Falle«? Sie will lediglich herausfinden, ob sein Verhalten, das zum Tode von Roswitha Buder führte, auch schon fünfzehn Jahre zuvor feststellbar war. Wenn das der Fall sein sollte, dann kann nicht ausgeschlossen werden, dass in den anderthalb Jahrzehnten zuvor auch andere Frauen und Mädchen Opfer von Peschel geworden sind. Die Begegnung muss nicht zwangsläufig mit dem Tode geendet haben, aber es gäbe unter Umständen Zeugen, die in einem Prozess befragt werden könnten. Dass es sich bei Kuno Peschel um eine psychisch gestörte Persönlichkeit handelt, will Frau Dr. Falk nicht mehr ausschließen.

Aber es ist nicht ihre Aufgabe, Peschels Schuldfähigkeit festzustellen. Sie muss sein Leben erhellen, seinen Charakter und sein Verhalten sichtbar machen und entschlüsseln.

»Ja.«

»Was ja?«

»Manchmal habe ich ihr an den Hals gefasst und zugedrückt.«

Die Sitzung mit Dr. Falk wird im Kreis der Kriminalisten ausgewertet. Die Auffassung der Psychologin, dass Peschel unbedingt einer gründlichen medizinischen Untersuchung unterzogen werden müsse, wird nicht nur akzeptiert, sondern auch begrüßt. Schließlich gehört zu den Ermittlungen nicht nur das Zusammentragen von Beweisen, die einen Täter überführen und welche im nachfolgenden Gerichtsverfahren die Grundlage für die Verurteilung bilden. Aufgabe der Untersuchungsorgane – deren wichtigster Teil die Kriminalisten sind – ist es ebenso, entlastende Momente zu ermitteln. Das verlangt die Rechtsstaatlichkeit.

Kuno Peschel wird also nach Dresden überstellt. Seine Untersuchung zieht sich über Wochen hin, es werden Langzeitstudien angefertigt und diverse Gutachten von verschiedenen Fachleuten angestellt.

In der Untersuchungshaft bringt Peschel mit der Hand ein mehrseitiges Geständnis zu Papier, in welchem er sich massiv belastet. Die dort gemachten Angaben widersprechen den meisten Aussagen, die er bei den Vernehmungen in Görlitz zu Protokoll gab. Auch die Sachverständige, Frau Dr. Falk, kann sich an derlei Selbstbezichtigungen nicht erinnern.

Peschel beschreibt darin seinen Einsatz in der französischen Fremdenlegion, bei dem er sich grausamer Verbrechen schuldig gemacht haben will. Er schildert diverse brutale Gewaltakte, die er in den 50er und 60er Jahren angeblich verübte, berichtet detailliert von Vergewaltigungen und Kinderschändungen. Auch erspart er den Richtern nicht die minutiöse und plastische Darstellung nekrophiler Exzesse, die er praktiziert haben will. Das Ganze ist so abstrus wie abstoßend.

In der Hauptverhandlung, die nach Jahresfrist vor dem Bezirksgericht in Dresden stattfindet, wird Peschel jedoch alles widerrufen und zur Begründung erklären, er habe absichtsvoll überzogen, um die Todesstrafe, die er als einziges für ihn angemessenes Urteil akzeptiere, zu empfangen.

Der Prozess vor dem 2. Strafsenat des Bezirksgerichts beginnt am 6. Juli 1966. Es wird an drei Tagen verhandelt, am vierten Tag, es ist der 11. Juli, verkündet Oberrichter Müller das Urteil. Der wegen Mordes angeklagte Kuno Peschel »wird gemäß § 221 Ziffer 1 Strafprozessordnung freigesprochen. Die Unterbringung in einer Heil- und Pflegeanstalt wird gemäß § 42b des Strafgesetzbuches angeordnet. Der Schadensersatzantrag des Martin Buder wird abgewiesen.«

Der Freispruch kommt nur für Außenstehende überraschend. Erwin Wenzel und die anderen Kriminalisten in Görlitz, Verfahrensbeteiligte und Gutachter nehmen das Urteil befriedigt zur Kenntnis. Es ist das einzig vernünftige und angemessene. Peschel ist krank, wie verschiedene Experten schlüssig und überzeugend im Verfahren nachgewiesen hatten. Darauf geht der Vorsitzende Richter in seiner 16 Seiten umfassenden Urteilsbegründung ausführlich ein.

Zugleich aber macht Richter Müller, ohne dies explizit zu sagen, auch deutlich Front gegen Stimmungen in der Bevölkerung. Wie immer in solchen Fällen fordert auch diesmal Vox populi schärfste Maßnahmen gegen Kinderschänder. »Bei der Würdigung aller Tatumstände war es dem Angeklagten nicht zu beweisen, dass er ein Unzuchtsverbrechen an dem Kinde begangen hat und deswegen das Kind tötete.«

Der Richter spricht Peschel auch vom Vorsatz und der Heimtücke frei: »Dem Angeklagten war nicht zu beweisen, dass er das Kind tags zuvor in der Absicht bestellte, es am 20. Juli 1965 umzubringen. [...] Ein heimtückisches Verhalten im Sinne des § 211 StGB war daher nicht nachweisbar. Ebenso konnten andere niedrige Beweggründe auf Grund des Tatherganges und aller sonstigen Umstände nicht festgestellt werden, so dass das Verhalten des Angeklagten objektiv ein Tötungsverbrechen nach § 212 StGB darstellt. Wie und ob der Angeklagte auch schuldhaft handelte, musste die Wertung des psychiatrischen Gutachtens ergeben.«

Nach einer »längeren ambulanten sowie stationären Untersuchung« an der Neurologisch-Psychiatrischen Klinik in Dresden kam der Sachverständige Prof. Dr. Lange zu dem Schluss, dass »zur Zeit der Tat Zurechnungsunfähigkeit vorgelegen« habe. Lange meinte, dass Peschel sich während der Tat »in einem seiner seit 1951 bekannten, gelegentlich auftretenden und bisher unbehandelten psychischen Ausnahmezustände« befunden habe.

Bei den »Ausnahmenzuständen«, so Prof. Lange, handelte es sich um »anfallsweise auftretende Erregungszustände mit Bewusstseinsstörungen, ängstlicher Getriebenheit unter dem Einfluss imperativer (Pseudo-)Halluzinationen«.

Der Richter machte für Peschels Erkrankung sowohl milieubedingte als auch biologische Faktoren verantwortlich. »Seine Kindheit verlebte er unter dem ungünstigen Erziehungsklima einer gefühlskalten, abnorm erregbaren Mutter, die ihn nicht liebte, viel und teilweise erheblich hart schlug, (und die ihn) als Jugendlichen wegen sozialen Fehlverhaltens in der Pubertät verstieß. [...] Auf diese ungünstige Entwicklungsbasis wirkten zwei Besonderheiten ein, die wiederum erschwerend einer Stabilisierung der reifenden Persönlichkeit entgegenstanden: die ungewöhnlich frühe und starke körperlich-sexuelle Reife, mit ihr ein ebenso ungewöhnlich starkes triebhaftes Lustbegehen einerseits, die sozialen und zwischenmenschlichen Wirrnisse der letzten Kriegs- und ersten Nachkriegsjahre andererseits.«

Der Gutachter hatte von »periodischen Drang- und Verstimmungszuständen« gesprochen, die nach seiner Überzeugung »hirnorganischen« Ursprungs sind. »Das Elektorenzephalogramm zeigt einige Unregelmäßigkeiten mit Hinweis auf die linke Hirnhälfte. Das Pneumenzephalogramm zeigt eine durchgehende leichte Erweiterung der Hohlräume der linken Hirnhälfte sowie der vorderen Hohlräume der Hirnbasis. Dass Peschel jeweils vor seinen Drangzuständen linksseitige Kopfbeschwerden spürt, ist im Zusammenhang mit diesen Feststellungen nicht ohne Beachtung zu lassen.«

So reihen sich denn die medizinischen Termini aneinander, sie ziehen sich über mehrere Seiten und offenbaren den damaligen Kenntnistand der Medizin. Und sie gestatten Rückschlüsse darauf, wie man seinerzeit mit solchen problematischen Fällen umging. Die Mediziner meinten, dass eine langfristige Behandlung »unumgänglich« sei. »Diese kann wegen der Besonderheiten des vorliegenden Falles nicht im regional zuständigen psychiatrischen Fachkrankenhaus erfolgen, sondern nur in einer besonders gesicherten und auf solche seltenen Krankheitsfälle abgestimmten psychiatrischen Sondereinrichtung.«

Die Ärzte empfehlen abschließend in ihrem Gutachten für das Gericht die »Psychiatrische Sonderabteilung des Fachkrankenhauses Waldheim/Sachsen«, das liegt in Weitzschen.

Das Gericht folgt dem Vorschlag, es sei »im Interesse der öffentlichen Sicherheit«, Kuno Peschel »von der Gesellschaft zu isolieren. Das Verbleiben des Angeklagten in der Freiheit würde eine ständige Gefahr für viele Frauen und Kinder bedeuten.«

Der Gerichtsreporter des Görlitzer Landskronechos, »Heimatzeitung für Stadt und Land«, berichtet am 13. Juli 1966 unter der Überschrift »Opfer eines Anomalen« über das »abscheuliche Verbrechen«. Durchaus zutreffend schrieb

»HAWE«, dass die Ermittler und Juristen »keine leichte Aufgabe« gelöst hätten.

»Gegen den Willen des Angeklagten, der noch in seinem Schlusswort eine baldige Todesstrafe für sich forderte«, habe das Gericht Kuno Peschel freigesprochen. Der Staatsanwalt hat beantragt, ihn in eine Heil- und Pflegeanstalt einzuweisen. »Das Gericht schloss sich in seinem Urteil dem Antrag des Staatsanwalts an.«

Kuno Peschel kam nach dem Verfahren nach Weitzschen. Alle zwei Jahre wurde in der Folgezeit sein Zustand von den Fachleuten mit der Absicht begutachtet, ob er als »geheilt« entlassen werden könne, wie man damals sagte.

Im Jahr 1991, als es die DDR nicht mehr gab, wohl aber das Bundesland Sachsen in der neuen Bundesrepublik Deutschland, kamen die Ärzte zu der Überzeugung, Peschel könne endlich aus ihrer Obhut entlassen werden. Er kam frei und zog nach Mittweida. Die dort von ihm angemietete Wohnung hat er jedoch nur zwei, drei Monate bewohnt. Dann wurde er in eine Chemnitzer Klinik überstellt, wo er am 6. Juni 1992 an einem Lungenleiden verstarb.

Anno 2012 ist der Nikolaifriedhof in Görlitz ein touristisches Refugium in der an Sehenswürdigkeiten gewiss nicht armen Stadt. Die Gebäude in der Finstertorstraße sind restauriert, das Haus Nr. 9, in der die Buders wohnten, ebenfalls. Der Kindergarten und die Grundschule, die Roswitha vier Jahre lang besuchte, liegen unverändert in Steinwurfweite. Das Haus Nr. 16 im Obersteinweg jenseits der Friedhofsmauer ist abgerissen, die hellen Stellen am Mauerwerk lassen die Umrisse nur noch ahnen.

In der Friedhofsverwaltung, zu der man von dort über eine Treppe gelangt, befinden sich die Bücher, in der seit Jahrhunderten die Verstorbenen sowie ihr letzter Platz auf dieser Welt säuberlich eingetragen werden.

In der Kladde des Jahrgangs 1965 ist unter dem Buchstaben B und der fortlaufenden Nummer 293 vermerkt: »Buder, Roswitha, Schülerin, Finstertorstraße 9, 25.4.1954 Görlitz – 6.8.1965 Görlitz, Religion: ohne, Abt. IVb, Nr. 321, Tag der Beisetzung 12.8.1965«.

Und in der letzten Spalte, in der die Todesursache vermerkt ist, steht »tot aufgefunden«.

Das Datum des Todes ist falsch, Roswitha Buder wurde nicht am 6. August ermordet, sondern starb bereits am 20. Juli.

Die Abteilung IVb, hinter der Alten Feierhalle auf einem breiten Weg zu erreichen, ist Wiese. Die Grabstellen sind eingeebnet, nichts verweist auf die Asche oder die Gebeine jener, die hier einst beerdigt wurden.

Jenseits des Weges ragt eine Linde in den Himmel, der Stamm ist umfasst von einem Eisengitter, auf der »Minna Herzlieb« steht. Diese starb, fast auf den Tag genau, 100 Jahre vor Roswitha Buder. Niemand würde sich für die hier ruhende Christiane Friederike Wilhelmine Herzlieb interessieren, wenn sie nicht die Ziehtochter des Jenenser Verlegers Frommann gewesen wäre. Frommann verlegte alle Klassiker aus dem nahen Weimar, selbstverständlich auch Goethe. Dieser, inzwischen 60-jährig, entwickelte zu »Minchen« eine starke Zuneigung, es heißt, sie habe ihm die Vorlage für die Ottilie in »Die Wahlverwandtschaften« geliefert. »Minchen« kriegte aber nicht den Dichterfürsten, sondern einen staubtrockenen Juristen aus Jena. Die Ehe mit dem Professor habe zu geistiger Umnachtung geführt, berichten die Chronisten. Wilhelmine Herzlieb starb am 10. Juli 1865 in einer Görlitzer Nervenheilanstalt …

Von Roswitha Buder, deren Lebenslauf nur auf einige Jahre und auf wenige hundert Meter beschränkt blieb, existiert nicht einmal mehr ein Grab. Nur ein Eintrag in der Friedhofsverwaltung – und eben die vorliegende Geschichte. Tragisch in jeder Hinsicht.

Der Mann, der (k)ein Mörder war

30. Juni 1967, Freitag

Um 18.20 Uhr erscheint im Volkspolizeikreisamt Zittau ein kleiner Mann, wenig größer als einssechzig und etwa Mitte dreißig. Er wolle eine Aussage machen, oder genauer gesagt: eine Anzeige, sagt er an der Wache. Es gehe um Mord.

Für Mord ist das Kommissariat I der Kriminalpolizei zuständig. Es wird der diensthabende Genosse Götte, Leutnant der K, zum Eingang gerufen. Götte bittet den Mann, der sich als Karl Morche ausweist, ihm in sein Dienstzimmer zu folgen, um dort die Anzeige aufzunehmen. Morche gibt als Adresse die Innere Oybiner Straße Nr. 6 in Zittau an, er ist ledig und als Transportarbeiter im VEB Robur in der Eisenbahnstraße beschäftigt. Leutnant Götte notiert anschließend im Protokoll: »Der Bürger Morche machte während der Tatschilderung einen ruhigen und selbstsicheren Eindruck. Alkoholgeruch oder Verhaltensweisen, die auf Alkoholgenuss hindeuten würden, konnten nicht wahrgenommen werden.« Dieser Hinweis ist nicht unwesentlich, denn die von Morche erstattete Anzeige richtet sich gegen ihn selbst. »Nach eigenen Angaben will er im Jahre 1949 eine weibliche Person in unmittelbarer Nähe der in Zittau befindlichen Weberkirche durch Schläge mit einer Eisenstange vorsätzlich getötet haben.«

Vor siebzehn Jahren, am 28. Juli 1950, einem Freitag, war in den frühen Morgenstunden die 48-jährige HO-Verkäuferin Anna Hölzel auf der Straße vor der Weberkirche tot aufgefunden worden. Der vermutliche Raubmord war nie aufgeklärt worden. Sollte die Sache nunmehr abgeschlossen werden können?

Leutnant Götte nimmt sofort telefonisch Rücksprache auf mit seinem Chef, dem Leiter des Kommissariats I, Oberleutnant der K Strengeld. Der weist an:

»1. Verständigung des K-Leiters, der Kreisdienststelle des MfS, des Staatsanwalts und des Amtsleiters.
2. Sofortmeldung bzw. Ergänzungsmeldung absetzen.
3. Aufnahme des Geständnisses auf Tonband.
4. Erste Überprüfungen zum Sachverhalt.
5. Erstaufklärung zur Person führen.
6. Einlieferung des Morche in VP-Gewahrsam.«

1. Juli, Samstag

Das Kommissariat III der Abteilung K nimmt Einsicht in die Kreismeldekartei und bestätigt, dass ein Karl Franz Morche unter der von ihm angegebenen Adresse in Zittau gemeldet ist.

Im Register finden die Ermittler weitere vier Personen dieses Namens: den selbständigen Schneidermeister Josef Morche (1893–1962) und dessen Frau Agnes, geborene Raaz (1892–1957), die verstorbenen Eltern des vermeintlichen Täters, sowie die Verkäuferin Ursula Morche, geborene Tzscherlich – von 1953 bis 1960 mit dem »Selbststeller« verheiratet – und Dietmar Morche, ihr gemeinsames Kind, welches 1952 geboren wurde. Beide, Mutter und der inzwischen 15-jährige Sohn, wohnen in der Neusalzaer Straße 13 in Zittau.

Oberleutnant der K Kehler, Leiter der Kriminalpolizei in Zittau, und VP-Oberleutnant Fessel in seiner Eigenschaft als Operativer Diensthabender (ODH) des Volkspolizeikreisamtes setzen ein zweites Fernschreiben an den ODH / Stab der Bezirksdirektion der Volkspolizei in Dresden ab:

»Betr.: 1. Ergänzungsmeldung zur Sofortmeldung vom 30.06.67; Bezug: Raubmord durch Erschlagen in der Nacht vom 27. zum 28.07.1950.«

Anlass dieser zweiten Meldung für die vorgesetzte Dienststelle in Dresden ist die Entdeckung, dass etwas mit Karl Morche offenbar nicht stimmt.

»Morche entstammt einer Handwerkerfamilie, absolvierte bis 1945 die Volksschule und erlernte im elterlichen Betrieb den Beruf eines Herrenschneiders. Die geistige Entwicklung verlief bis 1952 vollkommen normal. Seit 1952 wiederholt kurzzeitige Aufenthalte in der Heil- und Pflegeanstalt Großschweidnitz. Nähere Angaben werden am 10.07.67 gegen 07.30 Uhr erwartet.« Und noch etwas: »M. gab an, dass Wetter am Tattag sei regnerisch und trüb gewesen. Rückfrage Wetterstation Olbersdorf bestätigt dies für die Nacht vom 27. zum 28.07.1950 nicht mit absoluter Sicherheit (Luftfeuchte 86 Prozent), in der Nacht vom 04. zum 05.06.1949 (Tatzeit nach Meinung M.) war es regnerisch.«

Am Samstagnachmittag wird eine weitere, die zweite Ergänzungsmeldung erforderlich. Man habe, so tickern die Zittauer Ermittler nach Dresden, sowohl gegen den Selbstbezichtiger Morche ein Ermittlungsverfahren gemäß § 211 Strafgesetzbuch eingeleitet als auch einen »Unterbringungsbefehl in die psychiatrische Spezialklinik Großschweidnitz« beantragt. In jener Klinik soll Morche seit 1952, wie die ersten Recherchen ergaben, bereits neun Mal zur Behandlung gewesen sein. Ferner lässt man die vorgesetzten Genossen an der Elbe wissen, dass Zittau den Fall an das Kommissariat II in Görlitz übergeben hat. Es sei bereits eine »Anleitung durch die MUK Dresden und durch Staatsanwalt Elsner von der Bezirksstaatsanwaltschaft Dresden« erfolgt. Vermutlich wurde dort entschieden, dass Görlitz den Fall Morche übernimmt.

Um 11.20 Uhr war Ursula Morche zur Zeugenvernehmung im VPKA Zittau erschienen. Bis 14.20 Uhr wurde Morches Ex-Frau von Oberleutnant Horstmann befragt. Die Quintessenz des sechsseitigen Protokolls führte offenkundig zu jener ersten Ergänzungsmeldung, die alsbald nach Dresden per Fernschreiber übermittelt worden war.

Ursula Morche leitet den HO-Laden für Molkereierzeugnisse in der Zittauer Geschwister-Scholl-Straße. Sie ist Jahrgang 1932 und Tochter eines Fleischermeisters. 1948 lernte sie in der Tanzstunde Karl Morche kennen. Natürlich kreisen Horstmanns Fragen alsbald um Morches geistige Auffälligkeiten im Mordjahr.

»*Frage:* Gab es zu dieser Zeit bereits Merkmale einer Nervenkrankheit?

Antwort: Nein. Ich fand Herrn Morche vollkommen normal, von einer nervlichen Krankheit waren keine Anzeichen vorhanden.

Frage: Auch im Jahre 1950 nicht?

Antwort: Ja, auch zu dieser Zeit nicht.

Frage: Wie drückte sich Ihr persönlicher Verkehr zu dieser Zeit aus, speziell im Jahre 1950?

Antwort: Ich weiß nur noch, dass ich im Jahr 1949 die Tanzstunde beendete. Danach sind wir bereits familiär verkehrt, wir haben uns wechselseitig in den Familien besucht.

Frage: Gab es zwischen Ihnen bereits in den ersten Jahren, so zwischen 1948 und 1950, intimen Verkehr?

Antwort: Zu Anfang auf keinen Fall. Es ist möglich, dass wir im Jahr 1950 bereits intim verkehrten. In jener Zeit waren wir hauptsächlich an den Wochenenden zusammen und weniger in der Woche. Wir besuchten Tanzveranstaltungen, gingen ins Theater oder ins Kino.

Frage: Wie war das Verhalten des Morche zu Ihnen?

Antwort: Es war auf jeden Fall so, dass ich spürte, dass mich Morche liebte und mich heiraten wollte.

Frage: Haben Sie sich verlobt?

Antwort: Wir verlobten uns erst 1952. Ich muss hierzu erklären, dass meine Eltern gegen die Verbindung waren. Dabei richtete sich die Abneigung meiner Eltern nicht direkt gegen Morche, es betraf mein Alter.

Frage: Ist Ihnen bekannt, dass im Jahr 1950 in Zittau an der Weberkirche ein Mord geschah?

Antwort: Mir ist erinnerlich, dass in Zittau ein Mord geschah, auch dass es an der Weberkirche war. Ich kann mich aber auf die Jahreszahl nicht festlegen.

Frage: Können Sie sich erinnern, ob Morche mit Ihnen darüber sprach?

Antwort: Nein, das ist mir nicht erinnerlich.

Frage: Wann haben Sie sich verlobt?

Antwort: Wir verlobten uns im Monat April 1952. Da war ich bereits schwanger von Morche. Unser Junge wurde am 4. September 1952 geboren.

Frage: Wo war Morche zu dieser Zeit beschäftigt?

Antwort: Morche war die gesamte Zeit über *(während ihrer Beziehung – E. Sch.)* im Geschäft seiner Eltern als Schneider beschäftigt. Es handelte sich dabei um die Schneiderei in der Inneren Oybiner Straße 28 in Zittau. Dort arbeiteten drei Angestellte und der Schneidermeister, Vater Morche.

Frage: Wann traten erstmals nervliche Krankheitsmerkmale auf?

Antwort: Zwischen der Verlobung und der Trauung am 7. April 1953.

Frage: Wie zeigte sich das, und was geschah darauf?

Antwort: Morche wohnte bei seinen Eltern. Er ging nicht arbeiten und blieb im Bett. Ich wurde geholt und sollte ihn umstimmen, doch auch mir gelang das nicht. Ein andermal wollten wir zu seinen Verwandten nach Plauen fahren, auch das fiel ins Wasser. Er war fast nicht ansprechbar.

Dr. Knoch-Weber überwies ihn zur Behandlung in die Krankenheilanstalt Großschweidnitz.

Frage: Spielte Morche bereits zu dieser Zeit in der Kapelle? *(Morche hatte in seiner Aussage erklärt, in seiner Freizeit als Pianist in einer Betriebskapelle zu musizieren – E. Sch.)*

Antwort: Nein. Damit hat er erst später begonnen.

Frage: Können Sie sich noch an die Einkünfte von Morche erinnern? Hatte er viel Geld?

Antwort: An die Höhe von Morches Lohn kann ich mich nicht erinnern. Besonders viel Geld hat er nie gehabt. Auch nicht vorübergehend.

Frage: Wenn Sie miteinander ausgingen: Was trank er da an Alkohol?

Antwort: Vor unserer Ehe trank er kaum. Wenn wir ausgingen, etwa zu Tanzveranstaltungen, blieb der Alkoholgenuss stets im Rahmen. Ich kann mich nicht erinnern, dass er jemals stark betrunken gewesen ist.«

Nachdem Horstmann weitere Fragen zu Einnahmen und Anschaffungen vor und während der Ehe gestellt hatte, kommt er neuerlich auf Morches vermutliche Geisteskrankheit zu sprechen.

»*Frage:* Gab es zu Beginn der Ehe Auffälligkeiten?

Antwort: Bereits eine Woche nach der Trauung musste er in die Krankenheilanstalt Großschweidnitz eingeliefert werden. Schon am Polterabend hatte es erste Anzeichen gegeben. Zum Termin auf dem Standesamt erschien er zunächst nicht. Meine Schwiegereltern mussten ihn erst holen.

Es war wohl die zweite oder gar dritte Einweisung.

Frage: War es eine Liebesheirat?

Antwort: Ich habe mich aus zwei Gründen zur Heirat entschieden. Erstens war unser Sohn bereits geboren, zweitens wollte Morche von zu Hause weg. Das war auch der Grund, weshalb mir seine Eltern laufend Vorhaltungen machten. Sie sagten sogar, ich sei Schuld an seiner Nervenkrankheit.

Frage: Gab es während der Ehe Besonderheiten?

Antwort: Wir wohnten bei meinen Eltern. Es gab schon bald Auseinandersetzungen. Morche übernahm grundsätzlich keine Arbeiten im Haus. Er kehrte weder die Straße noch besorgte er Holz und Kohlen zum Heizen usw. Er begann auch zu trinken. Das ging damit einher, dass er als Laienmusiker auftrat.

Frage: Hat Morche Ihnen gegenüber irgendwann einmal erwähnt, dass er ein Verbrechen begangen hat?

Antwort: Nein. Darüber hat er niemals mit mir gesprochen.

Frage: Wie verhielt sich Morche zu Ihnen unter Alkoholeinfluss?

Antwort: In den sieben Jahren unserer Ehe, von 1953 bis 1960, hat Morche übermäßig Alkohol genossen und stark geraucht. Wenn er betrunken nach Hause kam, krakelte er, brüllte herum und zerschlug Geschirr. In den ersten Jahren gingen wir mitunter noch zusammen aus. Doch weil er kein Maß beim Trinken kannte, ging ich nicht mehr mit ihm weg. Während der Ehe ist er mehrere Male in ärztlicher Behandlung in Großschweidnitz gewesen. Dort informierte mich ein Arzt, dass mein Mann zeitweise aggressiv werden könne, was ich ja schon selbst mehrmals erlebt hatte. Am Ende war auch ich nervlich kaputt und mein Sohn nervös. Ich zog den Schluss, die Ehe zu beenden und reichte die Scheidung ein.

Frage: Gab es Besonderheiten nach der Scheidung?

Antwort: Nein.

Frage: Haben Sie oder hat Ihr Sohn Verbindung zu Morche?

Antwort: Ich habe keinerlei Verbindungen. Mein Sohn Dietmar besucht manchmal seinen Vater. Zu Geburtstagen schenkt er ihm Geld. Auch zur Jugendweihe erhielt er Geld von ihm.

Frage: Hat Ihr Sohn Ihnen über Besonderheiten in der Zeit nach 1960 berichtet?

Antwort: Ja. 1965 oder 1966 war mein geschiedener Mann wieder krank. Mein Sohn mied ihn damals.

Frage: Haben Sie noch irgendwelche anderen Besonderheiten im Verhalten von Morche in Erinnerung?

Antwort: Ja. Vor einigen Jahren kam meine Mutter von der Spätschicht nach Hause, da stand Morche vor unserem Haus. Am Morgen stand er noch immer dort. Ich sprach mit ihm. Er wollte den Jungen haben, um mit ihm spazieren zu gehen. Ich sagte ihm, dass Dietmar zur Schule müsse und dafür keine Zeit habe.

Später bekam ich Postkarten von Morche aus Berlin, Leipzig und Dresden. Er reiste viel. Dann hörte ich aus seinem Betrieb, dass er oft nicht zur Arbeit käme.

Frage: Gab es bei Ihrem geschiedenen Ehemann Besonderheiten sexueller Art?

Antwort: Mir sind keine solchen Besonderheiten aufgefallen. Es war zwischen uns in sexueller Hinsicht ganz normal. Wenn er betrunken war, war er ganz besonders sexuell erregt und führte Geschlechtsverkehr mit mir aus.

Frage: Wie ist die Frage des Unterhalts des Sohnes geregelt?

Antwort: Ich erhalte direkt von seinem Betrieb, dem VEB Robur, den Unterhalt, und zwar 65 MDN. *(Die DDR-Währung hieß von 1964 bis 1967 »Mark der Deutschen Notenbank, Kürzel MDN – E. Sch.)*

Frage: Gibt es Besonderheiten in der Entwicklung Ihres Sohnes?

Antwort: Mein Sohn entwickelt sich normal. Er hat in der Schule durchschnittliche bis gute Leistungen und besucht jetzt die 8. Klasse.

Frage: Trauen Sie Ihrem geschiedenen Mann ein Verbrechen größerer Art zu?

Antwort: Ich kann nur noch einmal betonen, dass Morche im Jahre 1950 von mir als ganz normaler junger Mensch eingeschätzt wurde. Ich verspürte damals und auch später niemals eine besondere Unruhe in seinem Wesen. Auch hat er niemals Äußerungen in dieser Hinsicht gemacht. Ich traue ihm diesen Mord an der Weberkirche nicht zu. Nach meiner Überzeugung ist diese Behauptung Ausdruck seines nervlichen Zustandes.

Ich habe das Protokoll selbst gelesen. Der Inhalt entspricht in allen Teilen meinen Angaben. Meine Worte sind darin richtig wiedergegeben.«

Noch am gleichen Tag entspricht Staatsanwalt Pollack dem an die Strafkammer des Kreisgerichts Zittau gerichteten Antrag, Karl Morche in Haft zu nehmen. Offiziell heißt das »Unterbringungsbefehl gemäß § 151 (2) StPO«.

Als Gründe für den Haftbefehl nennt Pollack:

»Morche steht nach dem eigenhändig unterschriebenen Geständnis im dringenden Tatverdacht des Mordes gem. § 211 StGB an der Verkäuferin Hölzel, die am 27.07.1950 an der Weberkirche in Zittau überfallen, erschlagen und ausgeraubt wurde.

Über das von Morche abgelegte schriftliche Geständnis hat er auch auf Befragen durch die Angehörigen der MUK und des Vertreters des Bezirksstaatsanwaltes die Aussage bekräftigt, obwohl das von ihm genannte Datum nicht mit dem Tattag übereinstimmt.

Durch weitere Ermittlungen konnte festgestellt werden, dass Morche ab 1952 insgesamt neun Mal im Fachkrankenhaus Großschweidnitz zur Behandlung weilte, im Ergebnis der Beobachtungen sind Erscheinungen schizophrener Depressionen gegeben. Diese Umstände lassen den Schluss zu, dass Morche sich zurzeit in einem solchen Zustand befindet. Nach Rücksprache mit dem ärztlichen Direktor des Fachkrankenhauses Großschweidnitz ist Morche in diesem Zustand der § 51 (1) StGB zuzubilligen.

Es ist notwendig, Morche zur weiteren Beobachtung und Begutachtung dem Fachkrankenhaus für Psychiatrie Großschweidnitz zuzuführen bzw. dort unterzubringen.«

14.30 Uhr an jenem Samstag, dem 1. Juli 1967, hatte Karl Morche seine Unterschrift unter das Vernehmungsprotokoll gesetzt. Nach der Lektüre des am Vorabend geschriebenen Befragungsprotokolls quittierte er zuvor auch dieses. »Ich habe mir das am 30. Juni 1967 gefertigte Befragungsprotokoll nochmals durchgelesen und halte die dort gemachten Angaben in vollem Umfange aufrecht.

Die Angaben aus dem Befragungsprotokoll mache ich auch zum Gegenstand meiner heutigen Vernehmung und habe dem nichts mehr hinzuzufügen.«

Die Vernehmung erfolgte durch drei Offiziere der Kriminalpolizei, die das 23 Seiten umfassende Protokoll in dieser Reihenfolge unterzeichnen: Schulze, Leutnant der K; Kehler, Oberleutnant der K; Götte, Leutnant der K. Das Tonband läuft mit.

»*Frage:* Haben Sie gut geschlafen? Sie sind zu uns gekommen, und wir haben Ihnen Gelegenheit gegeben, sich noch etwas auszuruhen. Sie haben doch sicherlich geschlafen?

Antwort: Ich habe geschlafen. Ich konnte erst nicht gleich einschlafen.

Frage: Fühlen Sie sich gesund?

Antwort: So einigermaßen.

Frage: Sind Sie in der Lage, uns noch einmal die gesamte Geschichte zusammenhängend zu schildern?

Antwort: Was wollen Sie denn wissen?

Frage: Zunächst möchte ich Sie zu Ihren Personalien befragen. Sie heißen?

Antwort: Karl Morche.

Frage: Wann sind Sie geboren?

Antwort: Am 3. November 1931 in Friedland im Isar-Gebirge, heute Tschechoslowakei, keine dreißig Kilometer von hier.

Frage: Und wo arbeiten Sie?

Antwort: Beim VEB Robur als Transportarbeiter.

Frage: Und wo wohnen Sie?

Antwort: Hier in Zittau, Innere Oybiner Straße 6.

Frage: Sind Sie verheiratet?

Antwort: Nein, ich bin geschieden seit 1960.

Frage: Hatten Sie Kinder?

Antwort: Ich habe einen Sohn.

Frage: Und wie alt ist der?

Antwort: Anfang September wird er 15.

Frage: Wir möchten Sie bitten, dass Sie uns diese Geschichte, die Sie bereits zu Protokoll gegeben haben, noch einmal zusammenhängend schildern.

Antwort: 1949 ist es gewesen, da bin ich, als ich nach Hause gehen wollte, wie ich von meiner Freundin komme, wie ich nach Hause gehen will, da, es war sehr trüb und regnerisch an diesem Abend. In der Nacht vom 4. zum 5. Juni 1949. Wie ich nach Hause gehen will, gehe ich die Äußere Weberstraße in Richtung nach Hause, und unterwegs fand ich das Stück Eisen, so ungefähr so in der Größe.

Frage: Wie lang schätzen Sie es ungefähr?

Antwort: So 60 Zentimeter ungefähr, 50 bis 60 Zentimeter ungefähr.

Frage: Wie dick war das Eisen?

Antwort: Es war ungefähr in der Stärke von zehn bis zwölf Millimeter.

Frage: Wie sah denn das Eisen aus? War das ein breites?

Antwort: Nein, es war ein rundes Eisen, so wie der Stahl so. Und das habe ich mir dann mitgenommen, und wie ich auch ein Stück weitergehe, so kurz vor dem Volkshaus, da kam dann eine Frau raus, die kam aus dem Volkshaus raus. Und der Frau bin ich dann hinterhergegangen, und ich konnte bloß erkennen, die Frau, die hatte hier diesen Bauchladen, und die Frau ist dann über die Straße der Roten Armee gegangen, und ich lief ihr hinterher, und bei der Weberkirche habe ich dann zugeschlagen. Hab ihr auf den Kopf geschlagen. Das war dann an der Weberkirche, kurz hinter der Türe, wo es raufgeht zur Orgel. Und sie trug auch so einen, wie die Verkäuferinnen auch jetzt tragen, so einen Haarschutz. Also Verkäuferinnen, die in der Lebensmittelbranche beschäftigt sind oder auch in Gaststätten arbeiten. Raupe oder wie man dazu sagt. Oder Häubchen oder Raupe oder wie man dazu sagt. Und dann, ich hab bei der Frau nicht nachgesehen wegen Geld, ich hab mich sofort dann vom Tatort entfernt. Bin noch ein Stück durch den Park gegangen, und dann bin ich in die Äußere Oybiner Straße gegangen, bis zur Mandaubrücke, und dann habe ich das Eisen weggeworfen. Und dann bin ich nach Hause gegangen, wo meine Eltern wohnten, Innere Oybiner Straße 28. Ich hatte damals schon ein eigenes Zimmer, und meine Eltern haben mich nicht heimkommen hören.

Frage: War das alles?

Antwort: Was wollen Sie denn noch wissen?

Frage: Sie sagen also, Sie sind wo gewesen, an diesem Tag? Woher wissen Sie das überhaupt noch, wieso können Sie sich an dieses Datum erinnern? Es liegt doch schon eine ganze Zeit zurück?

Antwort: Es ist schon ein ganz paar Jahre.

Frage: Wieso ist Ihnen dieses Datum noch so in Erinnerung? Noch so genau? Sie sagen vom 4. zum 5., sagten Sie. Welchen Monat?

Antwort: In der Nacht vom 4. zum 5. Juni 1949.

Frage: Juni oder Juli?

Antwort: Juni, der sechste Monat.

Frage: Ja, woher wissen Sie das Datum noch so genau? Sie sagen ja selber, dass es schon einige Jahre zurückliegt, und trotzdem können Sie sich noch so genau erinnern. Gab es da etwas Besonderes an diesem Tage?

Antwort: Vielleicht bin ich auch etwas aufgeregt gewesen an diesem Tage. Es war im Sommer.

Frage: Sie wissen es also noch sehr genau, es war vom 4. zum 5 Juni.

Antwort: In der Nacht vom 4. zum 5. Juni.

Frage: Und wo sind Sie hergekommen?

Antwort: Von der Neusalzaer Straße, von meiner Freundin.

Frage: Wie spät war es da ungefähr?

Antwort: So ungefähr in der zwölften Stunde.

Frage: Mittags?

Antwort: Nein, in der Nacht, gegen 24 Uhr. So in der

zwölften Stunde bin ich weggegangen. Ich weiß jetzt auch nicht mehr, wie lange ich gelaufen bin.

Frage: Sie sagen, Sie waren bei Ihrer Freundin. Wer war denn Ihre Freundin?

Antwort: Das war meine spätere Frau.

Frage: Wie heißt sie denn?

Antwort: Wie sie jetzt heißt?

Frage: Ist sie wieder neu verheiratet?

Antwort: So viel ich weiß, ist sie nicht wieder verheiratet.

Frage: Wie hieß sie denn damals?

Antwort: Ursula Tzscherlich.

Frage: Und sie wohnt hier in Zittau?

Antwort: Hier in Zittau. Neusalzaer Straße 3.

Frage: Sie waren also bei Ihrer damaligen Freundin?

Antwort: War damals bei meiner Freundin zu Besuch und bin dann nach Hause gegangen. Ich wollte nach Hause, und unterwegs dann, da ist das passiert.

Frage: Von der Neusalzaer Straße kamen Sie. Wie sind Sie denn da gelaufen?

Antwort: Die Neusalzaer Straße reingelaufen über die Freudenhöhe und dann bloß auf der Äußeren Weberstraße reingegangen bis zur Weberkirche, also beim Volkshaus vorbei und dann der Frau hinterher.

Frage: Auf welcher Straßenseite sind Sie denn gelaufen? Sie sind also aus der Richtung Stadtgrenze in Richtung Stadtmitte, und auf welcher Straßenseite sind Sie da gegangen?

Antwort: Auf der linken Straßenseite. Bloß auf der linken Straßenseite.

Frage: Und welches Gebäude liegt auf der linken Straßenseite?

Antwort: Da liegen mehrere Gebäude.

Frage: Welches besondere Gebäude liegt dort?

Antwort: Das Volkshaus.

Frage: Sie sind also direkt am Volkshaus vorbeigelaufen?

Antwort: Da bin ich direkt vorbeigegangen.

Frage: Wie war denn der Betrieb auf der Straße?

Antwort: Es war sehr ruhig, weil schlechtes Wetter war. Es war trübe und regnerisch. Es war nasses Wetter.

Frage: Haben Sie jemanden dort getroffen?

Antwort: Nein, gar niemanden. Keinen Bekannten und niemanden getroffen.

Frage: Waren Sie schon am Volkshaus vorüber, oder war es noch vor dem Volkshaus, wo sie der Frau begegnet sind? Oder wo Sie die Frau das erste Mal gesehen haben. Erzählen Sie doch bitte nochmals, wie das mit der Frau gewesen ist.

Antwort: Kurz vor dem Volkshaus, wo ich kurz vor dem Volkshaus laufe, da kommt die Frau aus dem Volkshaus raus. Früher sind auch schon zwei Eingänge gewesen. Der eine Eingang oder Aufgang zum Hotel und zur Gaststätte, und zuvor der Eingang zum Saal, zum Tanzsaal. Und jetzt da ist es auch so, nur man hat jetzt gebaut und es ist einiges verändert worden. Aber die Frau kam von der Gaststätte.

Frage: Wenn Sie also aus Richtung Freudenhöhe kamen, der wievielte Eingang: der erste oder der zweite?

Antwort: Von der Freudenhöhe gesehen: der zweite Eingang. Wenn man von der Freudenhöhe kommt, ist der erste Eingang zum Saal und der zweite zur Gaststätte.

Frage: Und die Frau ist wo rausgekommen?

Antwort: Von der Gaststätte.

Frage: Hat die Frau Sie gesehen, und haben Sie sie angesprochen? Oder wie war das?

Antwort: Ich kannte die Frau gar nicht, und sie hat mich vielleicht auch nicht gesehen. Oder ich weiß es nicht, ob sie mich bloß kurz gesehen hat, oder sie hat auch nicht dergleichen getan.

Frage: Die Frau ist also gekommen, ist rausgegangen aus dem Grundstück. In welche Richtung ist die Frau gelaufen?

Antwort: In Richtung Stadt, Stadtmitte. Vielleicht wollte sie zum Handelshof. Vielleicht wollte sie, weil sie bei der HO gearbeitet hat, vielleicht wollte sie zum Handelshof.

Frage: Woher wissen Sie denn, dass diese Frau bei der HO gearbeitet hat? Ich denke, Sie haben die Frau nicht gekannt.

Antwort: Ich hab die Frau nicht gekannt.

Frage: Sie sagten doch eben, sie hätte bei der HO gearbeitet.

Antwort: Sie kam mit dem Bauchladen.

Frage: In welcher Entfernung waren Sie denn, als die Frau aus dem Volkshaus kam?

Antwort: Bloß so kurz vorher.

Frage: Wie viele Meter mögen das gewesen sein?

Antwort: Vielleicht drei bis vier Meter ungefähr.

Frage: Können Sie anhand dieses Zimmers ungefähr andeuten, in welcher Entfernung das gewesen sein könnte? Sie waren ziemlich dicht dran an dieser Frau?

Antwort: Ich war ziemlich nahe, ja.

Frage: Wie viele Meter schätzen Sie?

Antwort: Es waren keine vier Meter. Es waren knapp drei Meter.

Frage: Haben Sie mit der Frau gesprochen?

Antwort: Nein.

Frage: Hat die Frau Sie angeschaut?

Antwort: Das weiß ich nicht.

Frage: Wo haben Sie denn dieses Eisen gefunden?

Antwort: Auch auf der Äußeren Weberstraße. Nein, auf der mittelsten Straße nicht, sondern so seitlich am Fußweg.

Frage: Wo denn da? Sie sind doch Zittauer.

Antwort: Nein, ich bin nicht Zittauer. Ich wohne bloß seit 1945 in Zittau.

Frage: Beschreiben Sie mir doch bitte einmal, wo Sie das Eisen gefunden haben.

Antwort: Ungefähr bei Karosserie-Winter.

Frage: Das ist doch ein ganz schönes Stück entfernt vom Volkshaus.

Antwort: Das sind ein ganz paar Meter.

Frage: Und wo hat das Eisen denn dort gelegen?

Antwort: So seitlich am Fußweg.

Frage: Und weshalb haben Sie das Eisen überhaupt mitgenommen? Wozu brauchten Sie es?

Antwort: Ich wollte … Ich hatte mir schon vorgenommen, so etwas zu tun.

Frage: Was hatten Sie sich vorgenommen?

Antwort: Wegen meinem Cousin. Es mag etwas eigenartig klingen, aber mein Cousin ist im Krieg geblieben, und ich wollte meinen Cousin rächen.

Frage: Was hat Ihr Cousin mit dieser Frau zu tun, die Sie doch gar nicht kannten?

Antwort: Es mag eigenartig klingen, aber …

Frage: Wie heißt denn Ihr Cousin?

Antwort: Der heißt wie ich.

Frage: Morche. Und sein Vorname?

Antwort: Auch Karl.

Frage: Wo hat der denn gewohnt, Ihr Cousin?

Antwort: In Friedland, in den Sudeten.

Frage: Hat er noch Angehörige?

Antwort: Nein, der lebt nicht mehr.

Frage: Ich meine seine Verwandten. Seine Mutter zum Beispiel.

Antwort: Seine Mutter ist 1946 in Westdeutschland gestorben.

Frage: Wer kennt diesen Cousin noch? Haben Sie noch Angehörige?

Antwort: Bloß meinen Bruder.

Frage: Wo lebt denn Ihr Bruder?

Antwort: Auch in Westdeutschland.

Frage: Wen haben Sie denn noch hier wohnen, bei uns in der Republik?

Antwort: Meinen Jungen, und hier in Zittau wohnt eine Cousine von mir. Die wohnt in Zittau in der Willi-Gall-Straße. Sie hat auch erst in der Äußeren Oybiner Straße gewohnt.

Frage: Wie heißt sie denn?

Antwort: Rosl Hübner.

Frage: Frau Hübner müsste ja Ihren Cousin, der im Krieg geblieben ist, auch kennen.

Antwort: Den hat sie gekannt.

Frage: Sie sagten vorhin, Sie hätten sich das schon früher einmal vorgenommen. Was ist darunter zu verstehen?

Antwort: Vielleicht schon einige Wochen vorher.

Frage: Hatten Sie einen bestimmten Plan?

Antwort: Nein, keinen bestimmten Plan. Bloß vielleicht hat das mitgespielt an diesem Abend, weil bei meiner Schlechtigkeit und bei der Tat, die ich begangen habe, das Wetter günstig war, und so konnte das dann den nächsten Tag oder die nächsten Tage oder in den nächsten Wochen nach der Tat im Jahre 1949 konnte das nicht gleich aufgeklärt werden.

Frage: Das verstehe ich nicht: Es konnte nicht gleich aufgeklärt werden. Was hat das denn mit dem Wetter zu tun?

Antwort: Mit den Fußspuren und so.

Frage: Sie haben also geglaubt, da hinterlassen Sie keine Spuren, wenn schlechtes Wetter ist? Hat es denn so kräftig geregnet?

Antwort: Es hat ganz schön geregnet.

Frage: Was haben Sie an diesem Tag angehabt?

Antwort: Das weiß ich nicht mehr so genau.

Frage: Sie haben also dieses Eisen gefunden. Warum haben Sie es mitgenommen?

Antwort: Ich hatte mir vorgenommen, so etwas zu tun.

Frage: Haben Sie das Eisen wirklich dort gefunden?

Antwort: Das war so am Zaun, und da habe ich es weggenommen.

Frage: Sie sind also der Frau hinterhergegangen. Sie sagen selbst, Sie wären ziemlich dicht hinter der Frau gelaufen und es sei sehr wenig Betrieb auf der Straße gewesen.

Antwort: Es war sehr wenig Betrieb auf der Straße. Man kann sagen: Es war sonst niemand zu sehen. Vielleicht so im Volkshaus, da sind Leute gewesen, aber draußen ist niemand zu sehen gewesen.

Frage: Wie ist die Geschichte dann weitergegangen? Sie sind also der Frau gefolgt. Sie liefen also vom Volkshaus aus auf welcher Seite? Links oder rechts?

Antwort: Auf derselben Seite, wo das Volkshaus ist, wo jetzt die PGH Bild und Ton ist, und beim Hirsch vorbei, wo jetzt die Textilverkaufstelle ist. Da ist die Frau über die Straße der Roten Armee gegangen. Damals ist das noch etwas anders gewesen, da ist später viel gebaut worden, an der Weberkreuzung. Vor einigen Jahren ist an der Weberkreuzung so eine Insel gebaut worden, aber verkehrsmäßig wird das nicht richtig genützt. Der Ring ist Einbahnstraße, und wenn man die Äußere Weberstraße mit dem Auto fährt, da müssen die Autos halten, weil die Autos am Grünen Ring, also die von der Straße der Roten Armee runter kommen und in die Innere Weberstraße einbiegen wollen bzw. nach der Dr.-Brinitzer-Straße fahren wollen, dann müssen die Autos warten auf der Äußeren Weberstraße. Damals, 1949, da ist die Straße gleich gewesen, da war das noch nicht so gebaut, da waren noch keine Ampeln, und da konnte man und da war bloß … kam man so beim Hirsch vorbei auf dem Bürgersteig … und dann runter auf die Straße, und die Straße war glatt. Jetzt ist sie ein bissel anders gebaut.

Frage: Waren damals schon die Ketten dort?

Antwort: Sie meinen die Schutzketten? Ich glaube, da waren schon welche. Aber nicht so lange, weil das … was weiß ich … weil jetzt alles anders gebaut ist.

Frage: Die Frau ging also hinüber zur Weberkirche?

Antwort: Die Frau ist über die Straße gegangen und wollte in die Stadtmitte, in Richtung Handelshof.

Frage: Der Handelshof ist aber doch ganz hinten. Was kommt denn da zunächst erst mal, wo die Straße hochläuft?

Antwort: Hinter der Weberkirche kommt erst das jetzige Fischgeschäft. Also früher war dort auch schon ein Fischgeschäft … Die wollte auf derselben Seite laufen. Aber bei der Weberkirche habe ich zugeschlagen.

Frage: Wo denn da bei der Weberkirche?

Antwort: Bei der Frau?

Frage: Die Frau war doch immer vor Ihnen gewesen. Sie sagten vorhin: etwa vier Meter.

Antwort: Bei der Weberkirche. Da habe ich sie eingeholt.

Frage: Haben Sie mit der Frau gesprochen? Das muss sie doch bemerkt haben?

Antwort: Nein. Sie hat sich vielleicht darauf konzentriert, den Bauchladen im Handelshof abzugeben.

Frage: Wie lief die Frau? Langsam oder schnell?

Antwort: So mittelmäßig. Nicht schnell und nicht langsam. So mittleres Tempo.

Frage: Sie konnten das Tempo mithalten?

Antwort: Ich konnte das Tempo mithalten. Damals habe ich noch nicht geraucht. Damals kriegte ich noch besser Luft beim Laufen.

Frage: Sie sind also der Frau nachgelaufen und kamen dann zur Weberkirche.

Antwort: Bei der Weberkirche kommt man wieder auf den Bürgersteig, den Fußweg, und wenn man über die Straße der Roten Armee läuft, da geht es zum Haupteingang hoch, also ich weiß nicht, wie das früher war. Links geht es zum Friedhof, so in den Garten rein bei der Weberkirche. Und wenn man so über die Straße der Roten Armee kommt und man will zur Weberkirche, da geht's die Stufen hoch, und da ist der Haupteingang, und an dem Fußweg hier vorbei, da ist dann, wenn man schon ein Stück rum ist, da ist so eine kleine Tür … Da habe ich zugeschlagen. Da sind so Bäume in der Nähe und es war finster, nicht so eine gute Straßenbeleuchtung wie heute, und das Wetter, das trübe Wetter, und es war finster.

Frage: Zeigen Sie bitte, wie Sie zugeschlagen haben.

Antwort: Ich habe mit links zugeschlagen, weil ich Linkshänder bin. Wenn ich Holz hacke bloß mit links. Oder wenn ich einen Ball werfe. Mit links kann ich weiter werfen als mit rechts. Mit rechts bin ich ungeschickt. Da kann ich weiter werfen, und wenn ich Holz hacke, bin ich mit links kräftiger.

Frage: Versuchen Sie mal mit diesem Bleistift zu demonstrieren, wie Sie zugeschlagen haben.

Antwort: Nur mit der einen Hand. Nur mit der linken Hand.

Frage: Wo haben Sie die Frau getroffen?

Antwort: Auf den Kopf.

Frage: Wo genau auf dem Kopf?

Antwort: Hier oben so.

Frage: Sie zeigen auf den Hinterkopf. Oder war es die Wirbelgegend, etwa hier?

Antwort: Soviel ich erkennen konnte … Da waren so zusammengenähte Rüschchen, und darunter ein Streifen.

Frage: Sie haben also zugeschlagen. Und was ist dann geschehen?

Antwort: Die Frau ist gestürzt und dann liegengeblieben. Ich habe dann …

Frage: Hat die Frau noch was gesagt?

Antwort: Gar nicht. Sie konnte auch nichts mehr sagen.

Frage: Warum konnte sie nichts mehr sagen?

Antwort: Weil sie schon tot war.

Frage: Sie war schon tot? Woher wissen Sie das so genau?

Antwort: Sie bewegte sich nicht mehr.

Frage: Was hatte die Frau an?

Antwort: Sie hatte ein Kleid an. Oder einen Rock.

Frage: Ist Ihnen noch etwas von der Kleidung der Frau in Erinnerung?

Antwort: Die Frau ist auch etwas größer gewesen als ich. Ich bin ungefähr 1,63 oder 1,64 Meter. Die Frau ist etwas größer gewesen, und sie trug längeres Haar, so einfach frisiert.

Frage: Wie war denn die Gestalt der Frau?

Antwort: Die war etwas größer als ich. Sie war nicht übermäßig dick, aber gut gewachsen und kräftig.

Frage: An Details der Bekleidung können Sie sich nicht mehr erinnern.

Antwort: Da konnte ich nicht viel erkennen, weil es finster war und so duster.

Frage: Was hat denn die Frau alles mit sich geführt?

Antwort: Hauptsächlich den Bauchladen.

Frage: Was war denn in dem Bauchladen?

Antwort: Das weiß ich nicht, was da drin war. Ich weiß auch nicht, wo sie verkauft hat an dem Abend. Vielleicht musste sie noch mal ins Volkshaus gehen und das Geld hinschaffen und so. Nach dem Geld habe ich gar nicht geguckt. Ich habe mich gar nicht um die Frau gekümmert. Ich habe auch nichts gesucht bei ihr. Wegen Geld und so.

Frage: Wie lange haben Sie bei der Frau verweilt? Sie haben zugeschlagen, und dann?

Antwort: Ich habe zugeschlagen und hab mich nicht mehr um die Frau gekümmert. Ich bin dann rübergegangen, in die Innere Weberstraße, wo das Hospital ist. Jetzt ist dort das Feierabendheim Rosa Luxemburg. Und da bin ich quer rübergegangen, wo jetzt der Springbrunnen ist, bei den Bänken vorbei, und bin ein Stück durch den Park gelaufen und dann über die nächste Kreuzung, das heißt bei Fuhrmann Hentschel vorbei, nach der Äußeren Oybiner Straße bis zur Mandaubrücke. Dort habe ich das Eisen weggeworfen. Von der Brücke in die Mandau.

Frage: Auf welcher Seite denn?

Antwort: Ich glaube auf der linken Seite. Wenn man die Äußere Oybiner Straße auf die Brücke zugeht, da kommt dann die andere Straße, also es sind beide Straßen Einbahnstraßen … Auf der linken Seite.

Frage: Ist dort nicht so ein kleines Wehr?

Antwort: So ein kleines Wehr, wo das Wasser etwas stärker läuft.

Frage: Haben Sie zugeguckt, wie das Eisen ins Wasser flog, oder woher wissen Sie das so genau?

Antwort: Ich bin noch ein Stück gegangen, dass es ins Wasser runter fällt.

Frage: Warum haben Sie das Eisen denn ins Wasser geworfen?

Antwort: Dass es nicht mehr zu sehen ist.

Frage: Warum denn?

Antwort: Es sollte niemand sehen ... Das war so ein rundes Eisen.

Frage: Warum sollte niemand das Eisen sehen?

Antwort: Ich wollte es verschwinden lassen, weil ich so etwas damit getan hatte.

Frage: Was haben Sie dann weiter gemacht?

Antwort: Dann bin ich nach Hause gegangen. Ich bin wieder die Äußere Oybiner Straße zurückgegangen, bei Fuhrmann Hentschel vorbei, über die Kreuzung, und dann ist gleich das Haus Innere Oybiner Straße 28. Das ist so ein großes Eckhaus. Da haben meine Eltern gewohnt, und ich habe damals auch bei meinen Eltern gewohnt. Mein Vater hatte damals eine Maßschneiderei. Ich bin dann durchs Haus gegangen. Meine Eltern waren im Schlafzimmer. Sie schliefen bereits. Ich brauchte bloß durch die Küche zu gehen. Neben der Küche hatte ich mein eigenes kleines Zimmer. Meine Eltern haben gar nicht gemerkt, wann ich nach Haus gekommen bin.

Frage: War das damals oft der Fall, dass Sie spät in der Nacht unterwegs waren?

Antwort: Ich bin öfter mal spät abends nach Hause gekommen.

Frage: Wo sind Sie da gewesen?

Antwort: Bei meiner Freundin. Wir haben uns 1948 bei der Tanzstunde kennengelernt.

Frage: Erzählen Sie bitte weiter.

Antwort: Ich bin nach Hause gekommen und musste mich

erst waschen. Und meine Kleidung musste ich aufräumen, und dann bin ich nach und nach schlafen gegangen.

Frage: Was trugen Sie in dieser Nacht für Kleidung?

Antwort: Das weiß ich jetzt auch nicht mehr so genau, ob ich jetzt lange Hosen oder Knickerbocker … Ich trug damals auch so eine Jacke mit Sattel. Das wurde damals getragen. Von zweierlei Stoff. Es war so heller Stoff, und oben so ein Sattel eingearbeitet.

Frage: War an der Kleidung Blut zurückgeblieben?

Antwort: Nein. Da war nichts zurückgeblieben.

Frage: Haben Sie sich an der Weberkirche über die Frau gebeugt?

Antwort: Nein. Ich habe mich nicht mehr nach der Frau umgesehen.

Frage: Nach dem Schlag sind Sie gleich weggelaufen?

Antwort: Ein bissel erschreckt bin ich schon. Aber ich habe mich dann nicht mehr um die Frau gekümmert. Ich bin dann über die Innere Weberstraße davongelaufen.

Frage: Nachdem Sie mit der Eisenstange zugeschlagen hatten, haben Sie sich die Frau angeschaut?

Antwort: Ich wollte bloß sehen, dass ich …

Frage: Was ist aus dem Bauchladen geworden?

Antwort: Der ist bei der Frau geblieben.

Frage: Wie lag die Frau? Wie ist sie gestürzt?

Antwort: Sie ist nach vorn gestürzt.

Frage: Erklären Sie das näher.

Antwort: Die Frau ist vor mir gegangen. Ich hatte in der linken Hand die Eisenstange. Und so habe ich sie geschlagen. Die Frau ist dann vornüber gestürzt.

Frage: Wie hat die Frau dann gelegen?

Antwort: Die hat also ein … an der Biegung an der Weberkirche hat sie gelegen. Nicht auf der Straße, sondern auf dem Fußweg. An der Mauer an der Weberkirche.

Frage: Würden Sie die Stelle wiederfinden? Könnten Sie uns diese zeigen?

Antwort: Die könnte ich Ihnen zeigen.
Frage: Sie wissen ganz genau, wo das war?
Antwort: Hinter der Türe.
Frage: Wie hat die Frau gelegen?
Antwort: Mit dem Kopf auf die Mauer zu.
Frage: Und die Füße? In welche Richtung zeigten sie?
Antwort: So ungefähr auf die Kreuzung zu.
Frage: Und wie war die Lage der Arme?
Antwort: So an der Seite, oder beim Bauchladen. So. Ich habe ja bei der Frau nicht gewartet. Ich kann das nicht so genau sagen. Der Bauchladen ist kaputtgegangen durch den Aufprall, als sie gestürzt ist.
Frage: Wie oft haben Sie zugeschlagen?
Antwort: Zwei Mal. Beide Schläge auf den Kopf. Ich habe aber beide Male mit links geschlagen. Nur mit links geschlagen.
Frage: Haben Sie irgendjemandem von dieser Geschichte erzählt?
Antwort: Habe niemandem etwas erzählt.
Frage: Haben Sie etwas im Kalender oder in einem Tagebuch vermerkt?
Antwort: Da habe ich auch nichts festgehalten. Ich habe mir nichts aufgeschrieben.
Frage: Es ist unwahrscheinlich, dass Sie sich so genau an alles erinnern können. Was hat Sie veranlasst, sich alles so genau zu merken?
Antwort: Mein Freund – vielleicht kennen Sie ihn auch –, der Herr Ferner, der hat mir mal die Geschichte erzählt … Wir sind darauf zu sprechen gekommen, als er mal zu Besuch bei mir war. Kollege Ferner arbeitet in der Verwaltung vom VEB Robur, in der Materialverbrauchs-Normung. Das war schon in der neuen Wohnung, also nach 1962. Mein Vater ist 1962 gestorben, ich konnte damals die große Wohnung nicht behalten. Bekam dann 1962 die Zweizimmerwohnung in der Inneren Oybiner Straße, wo ich jetzt

wohne. Da sind wir mal ins Gespräch gekommen. Ich weiß nicht, wodurch ich angeregt wurde, durch Zeitungen, Radio oder so. Wir kamen darauf zu sprechen, von der Frau, die an der Weberkirche damals erschlagen wurde. Da hat er mir erzählt, dass er den Mord entdeckt hat. Er ist später dort gewesen. Woher er gekommen ist, weiß ich nicht. Er wohnte damals auch schon in der Dr.-Friedrich-Straße. Aber sonst haben wir weiter nicht mehr davon gesprochen.

Frage: Hat die Frau geschrieen, als Sie sie mit der Eisenstange schlugen?

Antwort: Hat nicht geschrieen. Weil es schnell gegangen ist.

Frage: Sind Sie am nächsten Tag noch einmal dorthin gegangen? Haben Sie sich umgesehen, ob Sie eventuell etwas verloren hatten?

Antwort: Am nächsten Tag wurde von dem Mord bei uns in der Werkstatt erzählt. Mein Vater hatte eine Maßschneiderei und mehrere Gehilfen beschäftigt. Und da sind viele Leute, auch welche aus unserer Straße, dann zur Weberkirche gelaufen und haben sich das angesehen. Mittlerweile war aber der Tatort schon abgesperrt und die Frau mit einer Plane zugedeckt. Ich habe mir das nicht angesehen. Ich weiß es nur vom Erzählen her. Ich bin nicht hingegangen.

Frage: Herr Morche, wie kommt es, dass Sie heute, nach so vielen Jahren, zu uns gekommen sind und ein Geständnis abgelegt haben? Hat Sie jemand geschickt?

Antwort: Nein, es hat mich niemand geschickt.

Frage: Gab es einen Moment, einen Grund, der Sie veranlasst hat, hierher zu kommen?

Antwort: Vielleicht trug dazu bei, weil ich mit nach der CSSR fahren wollte. Aber da habe ich mir gesagt: Du musst erstmal das melden. Du musst erstmal fragen. Ich hätte das schon viel eher sagen sollen.

Frage: Mit wem wollten Sie in die Tschechoslowakei fahren?

Antwort: Mit Arbeitskollegen aus dem Betrieb. Es sollte auch in die alte Heimat gehen, nach Friedland und ins Isergebirge, nach Gablonz und Reichenberg. So hat es mir ein Kollege am Telefon gesagt. Und da ist gestern Vormittag ein Kollege bei mir gewesen und hat gesagt, ich sollte einen Tagesausweis im Kreispolizeiamt holen, das ist bis 18 Uhr geöffnet. Und er sagte auch, es sind viele Leute, da kannst du auch später gehen. Als ich zur Anmeldung kam, wo es die Formulare gibt, war schon geschlossen.

Frage: War das der Anlass, dass Sie zu uns gekommen sind? Haben Sie meine Frage verstanden?

Antwort: Ich hätte schon viel eher kommen sollen.

Frage: Und warum sind Sie nicht schon früher gekommen?

Antwort: Manchmal dachte ich, ich käme darüber hinweg. Aber da kam ich nicht drüber weg. Das kann man nicht einfach vergessen.

Frage: Sie haben bis 1952 eine sehr ansprechende Entwicklung genommen. Sie haben die Volksschule, Hauptschule, dann die Oberschule besucht, haben einen Beruf erlernt …

Antwort: Ich bin in Friedland zur Schule gegangen.

Frage: 1952 wurden Sie erstmals in die Nervenheilanstalt Großschweidnitz eingeliefert. Was war der Anlass dafür?

Antwort: Also man kann sagen, 1952 bin ich das erste Mal hingekommen. Aber das war keine eigentliche Behandlung. Das war mehr zur Beobachtung. 1953 bin ich das erste Mal zur Behandlung hingekommen.

Frage: Was hat man denn 1952 bei Ihnen beobachtet?

Antwort: Das weiß ich nicht.

Frage: Wer hat Sie denn nach Großschweidnitz geschickt? Sind Sie von allein hingegangen?

Antwort: Nein. Herr Dr. Knoch-Weber hat mich überwiesen. Wegen meinem nervlichen Zustand. Erst bin ich depressiv gewesen, dann bin ich wieder lebhaft und unruhig gewesen. Das fing 1952 an.

Frage: Warum hat das 1952 angefangen? Gab es einen Grund?

Antwort: Vielleicht berufliche Anstrengungen. Es hat 1952 vor meiner Verlobung angefangen, da war ich beruflich überanstrengt. Da war ich niedergeschlagen. Vielleicht sollte ich mich nicht erst verloben …

Frage: Worauf ist die Nervengeschichte zurückzuführen?

Antwort: Vielleicht auch schon mit der ganzen Sache an der Weberkirche … Das hat schon etwas dazu beigetragen. Es steckte in mir, dass ich die Tat begangen habe.

Frage: Haben Sie schon früher so etwas gehabt?

Antwort: Nein.

Frage: Was haben Sie in Großschweidnitz dem Arzt erzählt? Er wird Sie doch sicher gefragt haben, was Sie für Sorgen haben, für Nöte. Wie es Ihnen geht. Und Sie werden ihm ja eine Antwort gegeben haben. Können Sie sich daran erinnern? An das Aufnahmegespräch.

Antwort: Wenn man in Großschweidnitz aufgenommen wird, dann wird man dem Arzt vorgestellt. Und der Arzt setzt sich mit der Frau in Verbindung, oder mit der Braut. Oder mit den Eltern setzt er sich auch in Verbindung. Der Arzt wird wahrscheinlich auch mit meinen Eltern gesprochen haben.

Frage: Hat er auch mit Ihnen gesprochen?

Antwort: Mit mir hat er auch gesprochen.

Frage: Was haben Sie denn da gesagt?

Antwort: Dem habe ich überhaupt nichts gesagt. Vielleicht habe ich es auf den Beruf geschoben, auch arbeitsmäßige Überlastung.

Frage: Sie sagten vorhin: Vielleicht hat es schon in mir gefressen. Warum haben Sie ihm das nicht gesagt?

Antwort: Über so etwas kann man nicht einfach sprechen. Da versucht man wieder drüber wegzukommen. Aber auf die Dauer ist das auch nichts Gutes.

Frage: Herr Morche, wissen Sie nach so vielen Jahren, wie

die Frau heißt, wo sie gewohnt hat, was sie gemacht hat, ob sie Angehörige oder Kinder hatte?

Antwort: Welche Frau meinen Sie?

Frage: Die Frau, die Sie niedergeschlagen haben.

Antwort: Marianne Böhmer. Sie wohnte auf der Freudenhöhe gegenüber der Gaststätte. Früher war da die Fleischerei. Jetzt ist, glaube ich, ein Gemüseladen drin. Der Eingang zu diesem Haus ist von der Dresdner Straße. Unten, wenn man die Straße runtergeht … Ich weiß nicht, was da jetzt drin ist. Vor einiger Zeit ist der VEB Kohlehandel drin gewesen.

Frage: Wie kommen Sie auf diese Frau und diesen Namen?

Antwort: Die Frau hat auch einen Sohn. Der wohnt noch in diesem Haus.

Frage: Woher wissen Sie, dass sie Böhmer hieß?

Antwort: Es wurde damals doch viel davon gesprochen und erzählt.

Frage: Haben Sie die Frau schon früher gekannt?

Antwort: Nein, da habe ich sie nicht gekannt.

Frage: Es ist also für Sie eine fremde, unbekannte Frau gewesen?

Antwort: Eine ganz fremde Frau. Bloß später, wo das passiert war, erfuhr ich, dass sie auf der Freudenhöhe wohnte. Und der Junge war damals noch klein.

Frage: Wie alt war denn der Junge damals?

Antwort: Das weiß ich nicht. Jetzt ist er groß und erwachsen und arbeitet auch in der HO.

Frage: Von wem haben Sie denn erfahren, dass die Frau auf der Freudenhöhe wohnt und Böhmer heißt?

Antwort: Das wurde so erzählt auf der Neusalzaer Straße. Oder es wurde auch bei uns in der Werkstatt erzählt. Oder auf der Oybiner Straße. Und dann hat es auch in der Zeitung gestanden. Und das wurde erzählt und davon gesprochen.

Frage: Sie sagten vorhin, Sie wollten Ihren Cousin rächen. Das habe ich noch nicht so richtig begriffen, was der Tod

Ihres Cousins mit der Frau zu tun hat. Sie haben eben gesagt, dass Sie die Frau nie zuvor gesehen und nicht gekannt haben.

Antwort: Ich habe die Frau nicht gekannt.

Frage: Warum haben Sie sich ausgerechnet an dieser Frau gerächt?

Antwort: Wie ich an dem Abend nach Hause gehe und ich bin am Volkshaus ran, kam die Frau. Und ich bin der Frau hinterhergegangen. Und da, bei der Weberkirche, wo es so finster ist, habe ich zugeschlagen.

Frage: Hätten Sie das auch getan, wenn es ein Mann gewesen wäre?

Antwort: Das kann ich nicht sagen.

Frage: Dass es aber eine Frau war, haben Sie erkannt?

Antwort: Ich habe gesehen, dass es eine Frau war. So mit den Rüschen, mit dem weißen Häubchen. Männer tragen auch Bauchläden, das gibt es auch. Aber eine Frau läuft anders. Die tritt nicht so schwer auf wie ein Mann. An dem Gehen ist das schon zu sehen, ob es ein Mann oder eine Frau ist.

Frage: Und warum wollten Sie sich wegen Ihres Cousins rächen?

Antwort: Mein Cousin ist im Krieg geblieben. Und damals, vier Jahre nach dem Krieg … Als ich es getan habe, es mag eigenartig sein, aber …

Frage: Was hatte die Frau mir Ihrem Cousin zu tun?

Antwort: Gar nichts zu tun.

Frage: Wie fühlen Sie sich? Sind Sie müde? Abgespannt?

Antwort: Etwas müde.

Frage: Aber Sie verstehen uns?

Antwort: Ich kann Sie gut verstehen.

Frage: Möchten Sie schlafen?

Antwort: Nein, ich möchte jetzt nicht schlafen.

Frage: Wenn wir jetzt sagen würden: Sie können jetzt schlafen gehen, würden Sie da gleich schlafen?

Antwort: Das kann ich nicht genau sagen, ob ich gleich einschlafen würde. Etwas müde bin ich. Aber ob ich sofort einschlafen würde, das kann ich nicht sagen.

Frage: Trinken Sie Alkohol?

Antwort: Ja, ich trinke, wenn wir mit der Musik unterwegs sind. Wir haben vorgestern Abend auch gespielt. Zur Urlauberbetreuung im Chemieheim in Olbersdorf. Wir sind Kollegen vom Betrieb. Wir sind Amateurmusiker. Da haben wir zur Urlauberbetreuung gespielt. Wenn wir unterwegs sind, da trinke ich auch manchmal ein paar Biere. Oder zu Hause trinke ich auch mal eine Flasche Bier. Oder Freitag und Sonnabend kaufe ich mir auch im Geschäft mal ein paar Flaschen Bier.

Frage: Was verdienen Sie im VEB Robur?

Antwort: Ungefähr 500 MDN brutto.

Frage: Beim Musikmachen verdienen Sie auch?

Antwort: Da verdiene ich auch etwas. Das kommt auf die Stunden an. Manchmal jeden Sonnabend, manchmal auch wochentags. Im Durchschnitt so 25 MDN pro Abend.

Frage: Sparen Sie das Geld?

Antwort: Manchmal kann ich mir etwas sparen. Manchmal brauche ich es für die Miete. Oder wenn ich mir halt etwas zum Anziehen kaufe. Oder zu essen.

Frage: Haben Sie überhaupt etwas gespart? Wo haben Sie das?

Antwort: Bei der Bank für Handwerk und Gewerbe.

Frage: Fühlen Sie sich gegenwärtig ruhiger als in den vergangenen Jahren und Tagen?

Antwort: Etwas.

Frage: Was bedrückt Sie denn noch?

Antwort: Die Ungewissheit, was mit mir werden soll.

Frage: Möchten Sie lieber nach Hause gehen?

Antwort: Ich kann nicht nach Hause gehen. Nicht ohne weiteres. Sie können mich hierbehalten.

Frage: Bedroht Sie jemand? Haben Sie Angst?

Antwort: Nein, mich erpresst niemand. Mich bedroht auch niemand, und Angst habe ich auch nicht.«

3. Juli, Montag

Der Staatsanwalt des Kreises Bautzen, Kroschk, stellt auf Anforderung der Ermittler die Akte in der »Mordsache Hölzel« dem Volkspolizeikreisamt Zittau zu. Dem Anschreiben ist zu entnehmen: zu Händen »Genossen Oberleutnant Strengeld«.

6. Juli, Donnerstag

Das Kommissariat II der Kriminalpolizei in Görlitz quittiert den Eingang aller Unterlagen aus Zittau, die Bearbeitungsfrist für das Ermittlungsverfahren wird auf den 15. Juli 1967 festgelegt. Viel Zeit lässt man sich also nicht. Es wird, so heißt es auf der Quittung, wegen »dringendem Tatverdacht des Mordes« seit dem 1. Juli gegen den Transportarbeiter Morche ermittelt.

Dazu ordnet Oberleutnant der K Horstmann als amtierender Leiter der Abteilung K in Görlitz an:

»1. Ermittlung und Vernehmung von Zeugen
2. Vernehmung des Beschuldigten auf Tonband
3. Überprüfung des Gesundheitszustandes des Beschuldigten und Einholung gesundheitsmäßiger Gutachten
4. Beantragung eines Unterbringungsbefehls
5. Zusammenwirken und Übergabe des Ermittlungsverfahrens mit Kommissariat II organisieren.«

10. Juli, Montag

Oberleutnant Strengeld sucht in Zittau das Haus Äußere Weberstraße 70 auf, in welchem Anni Hölzel bis zu ihrer Ermordung 1949 gewohnt hat. Unmittelbarer Anlass für diesen Ortstermin, den er gemeinsam mit Unterleutnant Kahlert von der Abteilung Schutzpolizei des VPKA wahrnimmt, ist die Selbstbezichtigung Morches, eine Marianne Böhmer erschlagen zu haben. Sie habe in dem Haus gegenüber der HO-Gaststätte Freudenhöhe über der Fleischerei gewohnt. Im Protokoll steht: »Weiterhin erklärte der Beschuldigte, dass die Marianne Böhmer einen Sohn hat, der jetzt noch in dem bezeichneten Hause wohnhaft sei.«

Strengeld und Kahlert notieren nach dem Ortstermin: »Wie einige seit 1945 in diesem Hausgrundstück wohnhafte Hausbewohner erklärten, hat in diesem Haus nach 1945 nie eine Marianne Böhmer gewohnt.«

Bei der Gelegenheit erkundigen sich die beiden Polizisten auch, was aus dem Sohn der tatsächlich ermordeten Verkäuferin, Wolfgang Hölzel, geworden sei. »Nach dem Ableben seiner Mutter«, so heißt es in der Aktennotiz, sei er verzogen, sein derzeitiger Aufenthaltsort sei den Hausbewohnern nicht bekannt.

Wie sich also zeigt, liegt bei dem offenkundig geistig verwirrten Morche eine namentliche Verwechslung vor. Es geschah damals tatsächlich ein Mord in Zittau, aber nicht, wie er meint, 1950, sondern bereits im Jahr zuvor. Und das Opfer hieß nicht Marianne Böhmer, sondern Anni Hölzel. Das einzige, was stimmt, ist der Fundort der Leiche.

Was aber hat Karl Morche mit diesem Mordfall zu tun? Gibt es überhaupt eine Verbindung? Und war er damals noch klar im Kopf, also schuldfähig, als er vielleicht zum Mörder wurde?

11. Juli, Dienstag

Oberleutnant der K Strengeld beantragt beim Staatsanwalt des Kreises Zittau die Anordnung der Durchsuchung der Wohn- und Nebenräume des Transportarbeiters Karl Morche in der Inneren Oybiner Straße 6.

»Es ist bekannt, dass der Beschuldigte schon mehrfach wegen manischer Depressionen in der Pflegeanstalt Großschweidnitz durch Ärzte eingewiesen worden war. Unbeschadet dessen ist zu befürchten, dass der Beschuldigte tatsächlich den Mord, dessen er sich selbst bezichtigt, begangen haben kann. Deshalb ist die Durchsuchung der Wohn- und Nebenräume des Beschuldigen zwingend notwendig und auch rechtlich begründet, um nach Beweismitteln (Handtasche der Ermordeten mit Inhalt u. a. m.) zu suchen.«

Am selben Tag geht ein von Hauptmann der K Niebel unterzeichnetes Schreiben von Görlitz an das Amt für Meteorologie in Dresden. Die Ermittler wollen wissen, »welche Witterungsverhältnisse im Stadtgebiet von Zittau herrschten,

a) am Freitag, dem 28. Juli 1950, in der Zeit von 00.40 bis 01.30 Uhr
b) am Sonntag, dem 05. Juni 1949, in der Zeit von 00.40 bis 01.30 Uhr.

Bei den erbetenen meteorologischen Angaben interessieren u. a. insbesondere Temperatur, Windrichtung und -stärke, Bewölkungsart und -dichte, Sichtverhältnisse, Niederschlag (Dauer, Art und Menge), Mondaufgangs- und -untergangszeit, Mondphase.«

Drei Tage später kommt die Antwort.

Am 5. Juni 1949 war es in der fraglichen Zeit mit elf Grad vergleichsweise frisch und der Himmel leicht bewölkt. Der Mond befand sich im ersten Viertel. Es war trocken, der letzte Regen am Tag zuvor am Morgen gefallen.

Am 28. Juli 1950 maß man in Zittau ebenfalls nur elf Grad, es war windstill und wolkenlos, ein Tag vor Vollmond und also hell. Geregnet hatte es letztmalig am Nachmittag des Vortages.

18. Juli, Dienstag

Die Kriminalpolizei durchsucht Morches Wohnung. Dabei werden unter anderem eine schwarze Damenlederhandtasche, ein Taschenspiegel und ein leeres Parfümfläschchen beschlagnahmt. Das »Durchsuchungs- und Beschlagnahmeprotokoll«, unterzeichnet von Staatsanwalt Pollack, Oberleutnant der K Strengeld und Leutnant der K Täsche umfasst elf Positionen, darunter sechzehn »Zettel mit unverständlichen Aufzeichnungen«.

Die Kriminalisten vermuten, dass es sich bei der Tasche, dem Spiegel und dem Flakon um persönliche Gegenstände der Ermordeten handeln könnte. Sie legen später diese Handtasche und drei weitere Taschen verschiedenen Zeugen vor.

20. Juli, Donnerstag

Hauptmann der K Niebel bittet schriftlich bei der Deutschen Post in Dresden (Fernmeldeamt/Fernsprechbuchstelle) um die leihweise Überlassung Zittauer Telefonbücher. Sie ermittelten in einer Raubmordsache, schreibt er. »Die Ermordete hatte damals vor dem Verbrechen von ihrer Arbeitsstelle ein Ferngespräch (Stadtgespräch) geführt. Bei den jetzt notwendig werdenden Überprüfungen wird ein Fernsprechverzeichnis der Stadt Zittau aus dem Jahre 1950 und ein solches aus dem Jahre 1952 benötigt.«

Was man sich davon verspricht, wissen allein die Kriminalisten. Am 17. August gehen die Bücher in Görlitz ein.

26. Juli, Mittwoch

Gegen die Hausdurchsuchung und die Beschlagnahme führt Karl Morche Beschwerde, insbesondere protestiert er gegen die Konfiszierung der Handtasche, die für ihn ein Andenken an seine verstorbene Mutter sei.

Oberleutnant Strengeld reagiert nach einer telefonischen Information durch die Kreisstaatsanwaltschaft Zittau mit einem Schreiben an Staatsanwalt Pollack. Er beantragt, den Einspruch abzuweisen. Als Untersuchungsorgan habe die Kriminalpolizei »zu prüfen, ob der Beschuldigte oder eine andere Person Täter ist. Der ermordeten HO-Verkäuferin Hölzel hat damals, am 28. Juli 1950, der Täter eine schwarze lederne Handtasche offenbar geraubt. Leider ist im Rahmen der damaligen Aufklärungsarbeit die Handtasche der Ermordeten so mangelhaft beschrieben worden, dass jetzt von vornherein nicht festgestellt werden kann, ob die in der Wohnung des Beschuldigten gefundene und beschlagnahmte Damenhandtasche die der Ermordeten ist oder nicht. Das ist jetzt zu überprüfen. Hierzu sollen mehrere schwarze lederne Damenhandtaschen sowohl Personen aus dem Verwandten- und Bekanntenkreis sowie ehemaligen Kolleginnen der Ermordeten als auch Verwandten des Beschuldigten vorgelegt werden.«

15.30 Uhr sendet die Görlitzer Kriminalpolizei ein Fernschreiben an die Kollegen im VPKA Glauchau. Man erbittet dort die Anschrift und Personalien des Ofensetzmeisters Erich Thieme, der 1950 in Glauchau wohnhaft gewesen sein soll. »Hatte intime Beziehungen zu der HO-Verkäuferin Anni Hölzel«, heißt es da. »Diese wurde in Zittau am 28.07.1950 Opfer eines ungeklärten Tötungsverbrechens. Aktenmaterial weist nicht aus, dass Th. damals überprüft wurde (Alibi).«

Das Fernschreiben endet mit der Weisung, Thieme »nicht befragen«. Die Antwort erbitten die Görlitzer bis zum 28. Juli.

Wodurch man auf Thieme aufmerksam wurde und ihn offenkundig für eine heiße Spur hält, geht aus den Unterlagen nicht hervor. Auch nicht, ob er überhaupt jemals vernommen wird. Einen Tag vor Ablauf der Frist rattert 7.15 Uhr der Fernschreiber. Thieme wohnt in Glauchau, Platz der Freundschaft 4, meldet der Oberleutnant der K Schumann.

31. Juli, Montag

Morgens 8.30 Uhr wird der Flussmeister Martin Lange von Oberleutnant der K Strengeld befragt. Die Ermittler wollen wissen, ob die – vermeintliche oder tatsächliche – Tatwaffe, jene von Morche genannte Eisenstange, eventuell in dem etwa vierzig Kilometer langen Flüsschen namens Mandau gefunden worden ist. Martin Lange war im Sommer 1958 als Tiefbauarbeiter des VEB Gewässerunterhaltung und Meliorationsbau Dresden an Arbeiten am Flussbett der Mandau in Zittau beteiligt.

Im Frühjahr jenes Jahres gab es ein starkes Hochwasser, welches erheblichen Schaden im Flussbett angerichtet hatte. »So war u. a. das Wehr unter der Brücke der nach Olbersdorf führenden Straße am Einlauf Pfortmühlgraben stark beschädigt. Der Pfortmühlgraben war mit Sand zugeschwemmt worden. Dadurch hatten Textilbetriebe wie die Firma Könitzer kein Brauchwasser. Es musste der Pfortmühlgraben geräumt und das beschädigte Wehr instand gesetzt werden. Oberhalb und unterhalb des Wehres erfolgte eine grundhafte Beräumung des Mandauflussbettes.«

Geräumt wurden dreißig Meter flussauf- und fünfzig Meter flussabwärts von der Brücke. Der »Aushub« sei nach Hartau auf eine Kippe gefahren worden. Es habe sich um Müll und Schrott gehandelt.

Ob darunter auch eine Eisenstange gewesen sei, kann Flussmeister Martin Lange allerdings nicht sagen.

5. August, Samstag

Der 3. Strafsenat des Bezirksgerichts beschließt, dass Morches Beschwerde wegen der Durchsuchung seiner Wohnung und der Beschlagnahme von Gegenständen als unbegründet zurückgewiesen wird. Gegen ihn werde schließlich wegen des Verdachtes, einen Raubmord verübt zu haben, ermittelt.

In der Begründung der Entscheidung heißt es weiter: »Der Beschuldigte hat sich selbst der Kriminalpolizei gestellt und angegeben, dass er die in der Nacht vom 27. zum 28. Juli 1950 ums Leben gekommene Bürgerin Hölzel mit einer Eisenstange erschlagen habe. Der Mord an dieser Frau ist bisher nicht geklärt. Da der Beschuldigte sich selbst der Tat bezichtigt, und einige Angaben von ihm nicht ausschließen, dass er der Täter sein kann, besteht gegen ihn dringender Tatverdacht.

Die in seiner Wohnung beschlagnahmten Gegenstände sind zum Zwecke des Beweises erheblich, insbesondere die Handtasche.«

8. August, Dienstag

Am Vormittag, von Oberleutnant der K Strengeld befragt, macht der Klempner Wilhelm Schrumpf – seit zwanzig Jahren im Karosseriewerk Gustav Winter beschäftigt und seitdem dort auch Betriebsgewerkschaftsleiter (BGL) – eine Zeugenaussage. Die Ermittler wollen von ihm vor Ort wissen, ob der Täter, wie behauptet, in der Äußeren Weberstraße 1950 ein Rundeisen gefunden haben könnte.

Entrüstet weist Schrumpf die Frage zurück: »Seinerzeit herrschten hier im Betrieb die gleiche Ordnung und Sauberkeit, wie sie auch heute herrschen.«

Er schließt völlig aus, dass irgendwelches Material auf dem Bürgersteig vor dem Betriebsgrundstück herumgelegen haben könnte. Und selbst wenn etwas auf dem Betriebsgelände gelegen haben sollte: »Das Zauntor ist nach Arbeitsschluss auch damals immer verschlossen worden.«

Mithin, Morches Aussage, er habe vor dem Karosseriewerk eine Eisenstange gefunden, mit der er später Anni Hölzel (bzw. Marianne Böhmer) erschlagen haben will und die er anschließend in die Mandau warf, scheint reine Fantasie.

18. August, Freitag

Die Kriminalisten in Görlitz bringen in Erfahrung, dass Wolfgang Hölzel, der Sohn der Ermordeten, am 28. Dezember 1955 »illegal nach Westdeutschland verzog«.

Eine Marianne Böhmer wird in den Einwohnerregistern ebenfalls gefunden. Allerdings ist diese 1943 geboren, war also im Jahr 1950, als Morche sie niedergeschlagen haben will, gerade erst sieben Jahre alt. Damit kommt sie als »Opfer« nicht infrage. Morche sprach schließlich stets von einer Frau.

Ferner ermittelt man einen Oswald Burckhardt, einen Gärtner und Landwirt, der angeblich mit Anni Hölzel liiert gewesen sein soll, oder, wie es im Protokoll von Leutnant Kummer, der bei der Kriminalpolizei in Görlitz Dienst tut, heißt, »ein intimes Verhältnis mit der Ermordeten vor deren Ableben unterhalten hat«.

Natürlich, danach war dies schlechterdings nicht möglich.

Auch die Adresse von Morches Cousine Rosl Hübner ist ermittelt – die 55-Jährige lebt in Zittau in der Willi-Gall-Straße 13.

In den Meldekarteien der Abteilung Pass- und Meldewesen, kurz P/M, der Deutschen Volkspolizei findet man auch die Adressen ehemaliger Arbeitskollegen von Morche und Hölzel, die man ebenfalls befragen wird.

22. August, Dienstag

Oberleutnant der K Wenderlich – zu Beginn der 60er Jahre Leiter der Abteilung Kriminalpolizei im VPKA Zittau – gibt in der Sache Morche zu Protokoll: Er erinnere sich, dass »im Jahre 1962 oder 1963, ein genauerer Zeitpunkt kann nicht mehr angeführt werden«, Karl Morche bei ihm vorstellig wurde und sich als Mitarbeiter beworben hat. Als Begründung »brachte er vor, dass er einen Diebstahl von MDN 50,00 im VEB Robur Zittau, Arbeitsstelle des Morche, und den Mord an der Weberkirche in Zittau aufklären wollte«.

Um die Ernsthaftigkeit seiner Bewerbung zu unterstreichen, legte ihm Morche einen »Aufklärungsplan« vor. »Es handelte sich dabei um einen weißen Bogen im Format DIN A1, auf den verschiedene aus illustrierten Zeitungen ausgeschnittene Bilder geklebt waren, welche mit verschiedenfarbigen Strichen untereinander wahllos verbunden waren.«

Karl Morche habe damals allerdings nicht erklärt – was er aber jetzt behauptet –, nämlich dass er der Mörder jener Frau gewesen sei.

Für ihn, Oberleutnant Wenderlich, steht außer Frage, »dass es sich bei Morche um einen nervenkranken Menschen handelte«. Kurz nach der Vorsprache in der Kriminalpolizei Zittau sei er auch in die Psychiatrische Klinik Großschweidnitz eingeliefert worden.

29. August, Donnerstag

Oberleutnant der K Strengeld sucht im VEB Robur die Transportbrigade Prasse auf. Sie arbeitet in der Eisenbahnstraße. In dieses Kollektiv ist Karl Morche seit sieben Jahren eingebunden. An der im Protokoll als »Aussprache«

bezeichneten Zusammenkunft nehmen der Meister Erich Adam, der Brigadier Heinz Prasse sowie die Transportarbeiter Werner Wehle, Günter Jonas und Manfred Haußig teil.

»Die Kollegen sind sich darüber einig, dass Morche niemals fähig sei, einem Menschen etwas zuleide zu tun, schon gar nicht fähig, einen Menschen umzubringen.« Nicht minder apodiktisch erklären sie aber dem Oberleutnant auch, dass ihr Kollege »nicht normal, sondern verrückt im Kopf sei«.

Jedes Jahr im Frühsommer, 1966 ausgenommen, hätten sie bei ihm einen »Krankheitsschub« beobachtet, danach sei er durchschnittlich ein Vierteljahr in der Heilanstalt in Großschweidnitz gewesen.

Wie sich ein solcher Anfall bemerkbar gemacht habe, will der Ermittler wissen.

Indem »Kollege Morche stundenlang in die Sonne stierte und dabei die Körperlast auf ein Bein legt und dabei das andere Bein entlastet, wie bei der militärischen Rührt-euch-Stellung. Dann angesprochen sieht er sein Gegenüber stier in die Augen und braucht lange Minuten, um auf gestellte Fragen zu antworten. Ihm übertragene Aufträge werden erst nach minutenlangem Überlegen langsam ausgeführt.

In solchen Fällen sorgten in der Vergangenheit die Kollegen dafür, dass er wieder in fachärztliche Betreuung nach Großschweidnitz kam.«

Strengeld urteilt: »Von der Brigade habe ich die besten Eindrücke. Ich zweifle nicht daran, wenn mir versichert wurde, dass man sich die erdenklichste Mühe gegeben hat. Morche ist niemals wegen seines Leidens gehänselt oder gekränkt worden. Die Brigademitglieder schätzen Kollegen Morche als guten und verlässlichen Mitarbeiter. Man hat es wegen seiner Krankheit weitgehend vermieden, ihn zu körperlich schweren Arbeiten heranzuziehen, schon um eventuelle Unfallgefahren zu vermeiden. In seiner Freizeit hat Kollege Morche in einer Laienkapelle als Pianist mitgewirkt, und die Kollegen sagen, dass er sehr intelligent ist und alles aus dem Kopf spielte, auch klassische Musik.«

Morches Leumund ist positiv. Und darum habe seine Teilnahme am Busausflug in die Tschechoslowakei am 2. Juli nie zur Disposition gestanden. Werner Wehle habe Morche kurz zuvor noch angerufen, da Morche im Juni im Lager eingesetzt gewesen ist und nicht in der Brigade arbeitete. Wehle hatte ihm die Route genannt, es sollte in Morches frühere Heimat und auch in seinen Geburtsort Friedland gehen, auch nach Haindorf, wo Morches Großeltern auf dem Friedhof liegen. Darauf habe er erklärt, dass er am Freitag, dem 30. Juni, sich den Tagespassierschein im VPKA abholen werde. Als Morche am Sonntagmorgen nicht zur Abfahrt des Busses erschien, habe man angenommen, dass er verschlafen hat, wollte aber nicht warten. Erst in der Woche darauf erfuhr die Brigade, dass Morche wieder in Großschweidnitz ist.

»Die Kollegen meinen«, so schreibt Strengeld, dass die bevorstehende Reise »ihn seelisch so aufgewühlt haben könnte, dass bei ihm neuerlich ein Schub seiner Geisteskrankheit einsetzte«.

Offenkundig gaben sie sich eine Mitschuld.

Inwieweit der Hinweis der Transportarbeiter zutraf, dass auch Morches Mutter »irgendwie geisteskrank gewesen« und ihr Kollege vielleicht erblich belastet sei, vermag der Oberleutnant nicht zu beurteilen.

Das Kommissariat Görlitz beantragt bei der Staatsanwaltschaft Zittau eine Verlängerung der Bearbeitungsfrist bis zum 1. Oktober.

Zur Begründung wird Morches Beschwerde wegen der beschlagnahmten Handtasche angeführt. Deshalb habe der »Vorgang sehr lange beim Bezirksgericht bzw. der Bezirksstaatsanwaltschaft in Dresden« gelegen, das heißt die Unterlagen, »so dass während dieser Zeit die im Untersuchungsplan vorgesehenen Ermittlungs- und Untersuchungshandlungen nicht weiter fortgeführt werden konnten«.

Zudem müsse »erst geprüft werden, inwieweit der Beschuldigte wieder vernehmungsfähig ist«. Dieser befindet sich noch immer »aufgrund eines richterlichen Unterbringungsbefehles in der Pflegeanstalt Großschweidnitz«.

Zwei Wochen später, am

14. September, Donnerstag

bittet Görlitz erneut um eine Fristverlängerung, diesmal bei der Bezirksstaatsanwaltschaft in Dresden. Zwar hege man unverändert Zweifel an der Zurechnungsfähigkeit Morches, dennoch müsse »ernsthaft und unvoreingenommen« geprüft werden, »ob er das Verbrechen nicht etwa doch begangen hat oder anderweitig in strafrechtlicher Beziehung zu diesem Verbrechen steht«.

Hauptmann der K Niebel erklärt in seinem Anschreiben, dass man bei den Ermittlungen schon gut vorangekommen wäre, doch es sei noch eine Zeugin zu vernehmen, die »die damals vor der Tat mit der Geschädigten *(womit das Mordopfer Hölzel gemeint ist – E. Sch.)* Dienst versah und damals offenbar nicht vernommen worden ist. Die Zeugin befindet sich z. Zt. zu einem Ferienaufenthalt in Bulgarien.

Des Weiteren soll die geschiedene Ehefrau des Beschuldigten nochmals vernommen werden.«

12. September, Dienstag

Rosl Hübner, Morches Cousine, als Weberin im VEB Textilkombinat Zittau beschäftigt, wird von Oberleutnant Strengeld am Nachmittag befragt. Das Gespräch im VPKA dauert fünfzig Minuten. Rosl Hübners Mutter ist die Schwester von Morches Vater.

Man zeigt ihr die vier schwarzen Damenhandtaschen, von denen sie keine kennt. Auf Strengelds Frage, woher sie wisse, dass ihr Cousin wieder einmal in Großschweidnitz sei, antwortet sie: von Josef Ferner, dem Leiter der Kapelle, in der ihr Cousin als Pianist spiele. Herr Ferner habe sie am 3. September daheim besucht. Morches Kollege kümmere sich ein wenig um ihren Cousin, der »sehr zurückgezogen« lebe, seit er geschieden ist. Er habe ihr gesagt, »dass mein Cousin wieder fortgekommen ist in die Nervenheilanstalt. In diesem Zusammenhang sagte Herr Ferner auch, dass mein Cousin sich bezichtigt hätte, 1950 einen Mord hier in Zittau an der Weberkirche begangen zu haben.«

Sie selber habe von diesem Verbrechen überhaupt keine Kenntnis, weil sie von 1949 bis 1951 in Westdeutschland gelebt hätte.

Ob Morche noch weitere Verwandte in der DDR habe, erkundigt sich der Oberleutnant. Sie sei die einzige, sagt Rosl Hübner, seit Karl Morches Eltern auf dem Friedhof liegen. In Freiburg im Breisgau lebe nach ihrer Kenntnis ein Bruder, Josef Morche.

Zur geschiedenen Frau ihres Cousins habe sie »keinerlei Verbindung«.

Damit ist die Befragung zu Ende.

Knapp zwei Stunden später, genauer gesagt: 17.10 Uhr, sitzt auf dem gleichen Stuhl der LPG-Bauer Oswald Burckhardt aus Hörnitz. Strengeld befragt ihn zu Anni Hölzel. Damals habe er eine Gärtnerei besessen, berichtet er, und er sei Witwer gewesen. Frau Hölzel habe sich »von Zeit zu Zeit«, so alle zwei oder drei Wochen, Gemüse bei ihm geholt.

Als erstes werden auch ihm die vier Handtaschen gezeigt. Er kennt davon keine, den Spiegel und das Parfümfläschchen hat er auch nie zuvor gesehen.

Wie sich zeigt, ist das Burckhardt nachgesagte »intime Verhältnis« zu der Ermordeten offenkundig lediglich ein Gerücht. Er weiß weder, in welcher HO-Verkaufsstelle sie tätig war, noch wie ihr Sohn mit Vornamen hieß. Und mit einem »Bauchladen« hat er sie auch nie gesehen.

Der Ermittler Strengeld fragt nach Erich Thieme und Karl Morche. »Diese Namen habe ich noch niemals gehört«, sagt der Landwirt, auch Frau Hölzel habe sie ihm gegenüber nie erwähnt.

Der Kriminalist bittet ihn um eine Charakterisierung Anni Hölzels. Burckhardt bezeichnet sie als eine »recht ordentliche und anständige Frau«. Was darunter konkret zu verstehen ist, sagt er nicht. Das aber ist für den Fall Morche ohnehin unerheblich.

Gleichwohl signalisieren Strengelds Fragen, dass es ihm auch um die Lösung des damals ungeklärten Mordfalls geht.

»Sie war sehr beredt, d. h. sie konnte mit dem Mundwerk gut fort, war aber immer nett und freundlich.« Ob sie Feinde gehabt hätte? Davon wisse er nichts, sagt Burckhardt, sie habe dergleichen ihm gegenüber nie verlauten lassen.

Am Ende des Protokolls heißt es: »Ich lese meine Vernehmung nicht durch, weil ich infolge meines schlechten Sehvermögens damit nicht zurechtkomme.«

Nachdem ihm alles vorgelesen wird, signiert er mit blauem Kugelschreiber jedes der drei Blätter.

18.10 Uhr verlässt Burckhardt gemeinsam mit seiner Frau das Volkspolizeikreisamt Zittau.

Die kürzeste Befragung an jenem Tag findet von 15.40 Uhr bis 16.15 Uhr statt. Strengeld vernimmt Annliese Fischer, die 1950 als Anneliese Koschnick in der HO-Gaststätte Dreiländereck als Verkäuferin tätig war. Jetzt arbeitet sie bei der Firma Könitzer & Haebler als Weberin.

Nach siebzehn Jahren kann sie sich kaum noch an Personen und Vorgänge erinnern, ihre damalige Kollegin Hölzel habe sie »nicht näher« gekannt. Anni Hölzel habe damals am Kuchenbuffet gearbeitet, sie selbst habe am Stand daneben Süßigkeiten verkauft. Sie hätten alle Schicht gearbeitet, immer wenn sie frei hatte, hätte ihre Kollegin hinterm Tresen gestanden, weshalb man sich nur kurz gesehen und gesprochen habe. Nur an jenem Tage arbeiteten sie gemeinsam, weil Anni Hölzel den Dienst einer Kollegin übernommen hatte. Den Grund könne sie nicht mehr sagen. Die Schicht sei von 16 bis 24 Uhr gegangen. Das wisse sie deshalb so genau, weil sie »damals noch in der Nacht von der Kriminalpolizei in meiner Wohnung vernommen« wurde.

Zum »Bauchladen«, den Morche erwähnte, sagt Anneliese Fischer, dass keine Kollegin aus dem Dreiländereck jemals als Straßenverkäuferin eingesetzt worden ist. Auch Anni Hölzel nicht.

14. September, Donnerstag

Kriminalmeister Steppan und Oberleutnant Strengeld protokollieren ihre Ermittlungsergebnisse »bezüglich der am Freitag, dem 18. Juli 1950, zwischen 00.40 und 01.30 Uhr in Zittau, Innere Weberstraße, auf dem Bürgersteig an der Südseite der Weberkirche herrschenden Lichtverhältnisse«.

Darin fließen die Auskünfte der Meteorologen ein und jene von Johannes Korditzke und Fritz Klemm, Mitarbeiter des VEB Energieversorgung Dresden, Meisterbereich Zittau. Diese klärten die Ermittler auf, dass »keinerlei Pläne aus dem Jahr 1950 mehr vorhanden seien«, aber sie waren sich ziemlich sicher, das schon damals die Beleuchtung am Tatort so war, wie sie heute noch immer ist: »Es sind über der Fahrbahn an Überspannungen aufgehangene Lampen, die aber damals mit anderen Glühbirnen (es sollen jeweils zwei Glühbirnen gewesen sein) bestückt waren. Welche Leistungen die damals, 1950, in den fraglichen Straßenlampen am Auffindort der Ermordeten und dessen Umgebung befindlichen Glühbirnen hatten, konnte nicht mehr angegeben werden, weil auch darüber keine Aufzeichnungen vorhanden sind.

Mehr konnte nicht in Erfahrung gebracht werden, auch nicht, ob in der fraglichen Zeit alle diese Straßenlampen brannten.«

Zwei Tage später überprüft Oberleutnant Strengeld bei einem Ortstermin die Angaben der beiden. »Der Abstand der Straßenlampen in der Inneren Weberstraße hinunter in Richtung Weberkirche beträgt von Lampe zu Lampe ca. 35 Meter. Die Entfernung von der letzten Straßenlampe im untersten Teil der Inneren Weberstraße bis zum Auffindort des Opfers beträgt ca. 15 Meter. Die Entfernung vom Auffindort des Opfers bis zu der über der Straßenkreuzung hängenden Straßenlampe beträgt ca. 20 Meter.«

Resigniert schließt er: »Heute kann nicht mehr ermittelt werden, welche Leistung (Lichtstärke) seinerzeit diese Straßenlampen hatten.«

19. September, Dienstag

Zwischen 15.10 Uhr und 17.20 Uhr wird von Oberleutnant Strengeld Josef Ferner vernommen. Ferner, Jahrgang 1920, arbeitet als Sachbearbeiter beim VEB Robur und spielt mit Morche in einer Band. Er kennt diesen seit 1959 und schildert ihn als »ruhig, bescheiden, hilfsbereit und gutmütig«. Er habe allerdings auch den Eindruck, dass Morche »Minderwertigkeitskomplexe« hat.

Natürlich hätten sie im Betrieb von seiner Krankheit gewusst. Diese sei immer schubweise aufgetreten, vornehmlich im Juni. Wenn der Monat ohne Anfall vorübergegangen war, sei man überzeugt gewesen, dass der Rest des Jahres gut verlaufen würde. »Auch deshalb warteten wir immer auf den Geburtstag unseres Staatsratsvorsitzenden, Walter

Ulbricht, also auf den 30. Juni, weil dieser Tag neben seiner genannten Bedeutung für uns bezüglich Morche immer so eine Art Erinnerungsmarke war.«

Als Symptome nannte Ferner »gläsern wirkende Augen und sehr schweißige Hände«. Karl Morche bemerkte dies selbst und wurde daraufhin immer unruhiger und unsicherer. Er habe dann auch bald »wirres Zeug« geredet.

Dazu gehörte beispielsweise, dass er sich als »berufen« erklärte, Unrecht, das andere Menschen begangen hatten, »wieder in Ordnung zu bringen. So wollte er die Welt bessern und verändern.« Er habe einmal einen Diebstahl im Betrieb aufklären wollen. Einer Kollegin waren fünfzig Mark gestohlen worden, was Morche für ein Drama hielt.

»Mir ist auch bekannt, dass er sich einmal bei der Kriminalpolizei beworben hat«, gibt Ferner zu Protokoll. Allerdings habe Morche selbst im Wahn nie etwas von einem Mord an der Weberkirche erzählt.

Der Tod des Vaters während der Osterzeit 1962 habe Morche völlig aus der Bahn geworfen. Er habe in der elterlichen Wohnung, in der er seit der Scheidung wieder lebte, damals unter Alkoholeinfluss ziemlich randaliert. Als Leiter der Laienkapelle würde er aber immer darauf achten, dass sich Morche während ihrer Auftritte nicht betrinke.

Das sei kein Problem, Morche lasse sich von ihm »leicht führen«, zitiert Strengeld Josef Ferner im Protokoll. »Morche ist höchst unselbständig und bedarf der Führung, insbesondere dann, wenn seine Krankheit ausbricht.« Er, Ferner, habe sich seiner angenommen, »weil er mir leidgetan hat, und er hat sich auch von mir immer beraten und führen lassen. Er hat Vertrauen zu mir.«

Als bei der Befragung das Gespräch auf den Mord an Anni Hölzel kommt, erklärte Josef Ferner, dass er sich noch an die »große Aufregung« erinnere, die damals in Zittau geherrscht habe, als die Tat publik wurde. Er könne sich deshalb noch an das Datum 28. Juli 1950 genau erinnern, weil sie damals auf dem Kulturfest der IG Metall im Volkshaus gespielt hätten.

Zu jener Zeit habe er Morche noch nicht gekannt. Und später habe dieser auch nie über den Mordfall mit ihm gesprochen. Für ihn käme Morche schon deshalb als Mörder nicht infrage, weil die Tat Ende Juli erfolgt sei, also nach dem Juni, wo die Krankheitsschübe in der Regel immer auftraten. »Ich halte Karl Morche für unfähig, einen solchen Mord zu begehen.« Darum sei er von der Information »völlig überrascht und direkt sprachlos« gewesen, dass Morche sich selbst bezichtigt habe, die HO-Verkäuferin Hölzel erschlagen zu haben.

Josef Ferner macht dem Kriminalisten klar, warum Morche ausgerechnet an jenem 30. Juni ins VPKA gegangen war, um sich selbst anzuzeigen. Das weiß dieser aber bereits von Morches Arbeitskollegen.

Im Unterschied zu früheren Unternehmungen, bei denen einer aus dem Arbeitskollektiv sich um Vorbereitung und Unterlagen für den Brigadeausflug gekümmert hatte, musste sich diesmal jeder selbst einen Tagespassierschein für die Tschechoslowakei besorgen. »Er ist ein Phlegmatiker und hatte das immer aufgeschoben. Bis zum Donnerstag, dem 29. Juni, hatte er sich noch nicht um den Passierschein bemüht. Deshalb habe ich ihn scharf gemacht.« Am Abend hätten sie gemeinsam gespielt, und Ferner habe ihm gesagt, dass er anderentags – also am Freitag – unbedingt zur Polizei gehen müsse, um das Papier abzuholen. Das wäre die letzte Gelegenheit, ansonsten könne er nicht mitfahren.

»Das hat er mir auch versprochen«, zitiert das Protokoll Josef Ferner. Er habe am Freitag auch von Kollegen aus Morches Brigade gehört, dass diese im gleichen Sinne Morche bedrängt hatten. Der Brigadier Manfred Haußig will dabei Veränderungen bei Morche beobachtet haben. Er hätte zum Beispiel jedes Wort wiederholt, was Haußig ihm gesagt habe, was doch ungewöhnlich gewesen sei.

Morche ging also, wie aufgefordert, gegen 18 Uhr zum Volkspolizeikreisamt – aber nicht, um einen Tagespassierschein für den Brigadeausflug am Sonntag zu beantragen, sondern um sich selbst anzuzeigen.

Vor drei Tagen, so schließt Josef Ferner seine Aussage, habe er in Großschweidnitz Morche besuchen wollen. Obgleich er sich zuvor telefonisch erkundigt hatte und ihm gesagt worden war, dass einem Besuch nichts entgegenstünde, musste er zurückkehren, ohne Morche gesehen zu haben. Dessen Gesundheitszustand, so der Arzt, habe sich »überraschend« verschlechtert.

21. September, Donnerstag

Von 8.40 Uhr bis 11.30 Uhr wird die Zeugin Ursula Morche, geborene Tzscherlich, von Oberleutnant der K Strengeld neuerlich vernommen. Wie schon bei ihrer ersten Befragung am 1. Juli durch Oberleutnant Horstmann wird sie zuvor belehrt, welche strafprozessualen Folgen Falschaussagen nach sich ziehen können.

» Haben Sie die vier schwarzen Lederhandtaschen oder eine davon irgendwo schon einmal gesehen? Kommt Ihnen eine der Ihnen vorgelegten Handtaschen irgendwie bekannt vor?

Antwort: Ich habe die mir vorgelegten vier Handtaschen genau angesehen. Keine davon habe ich jemals gesehen, keine kommt mir bekannt vor.

Frage: Kennen Sie die Gaststätte Freudenhöhe in der Neusalzaer Straße?

Antwort: Ja, diese Gaststätte kenne ich. Sie befindet sich unweit von meinem Elternhaus, in dem ich wohnhaft bin. Das ist die Neusalzaer Straße 13, wo ich geboren und aufgewachsen bin.

Frage: Kennen Sie das Eckhaus Äußere Weberstraße 70,

welches sich gegenüber der Gaststätte Freudenhöhe befindet?

Antwort: Ja, dieses Wohngrundstück ist mir bekannt. Dort befand sich früher die Fleischerei Halangk. Jetzt ist dort das Lebensmittelgeschäft Dippold mit Gemüseverkauf.

Frage: Kennen Sie Bewohner des Hauses Äußere Weberstraße 70?

Antwort: Ich kannte den Fleischermeister Halangk sowie Annemarie Drossel, die als Verkäuferin in der Konsum-Lebensmittelverkaufsstelle Rathausplatz, Ecke Brüderstraße beschäftigt war, wo ich auch einmal gearbeitet habe. Sonst kannte ich keinen aus dem Haus. Eine Anni Hölzel, die im Haus Äußere Weberstraße 70 gewohnt haben soll, ist mir unbekannt.

Die Frau, deren Lichtbild mir vorgelegt wurde, kenne ich nicht. Mir ist gesagt worden, dass es sich um Frau Hölzel handele.

Frage: Kennen Sie einen Wolfgang Hölzel, der ebenfalls in der Äußeren Weberstraße 70 wohnhaft gewesen ist?

Antwort: Der Name Wolfgang Hölzel sagt mir ebenfalls nichts. Auch der Hinweis darauf, dass wir fast zur selben Zeit geboren wurden – er im Januar 1932 und ich im Mai 1932 – und wir beide in unmittelbarer Nähe wohnten, was bedeutete, dass wir beide die gleiche Schule, vielleicht sogar die gleiche Klasse besuchten, ändert daran nichts. Ich kann mich an einen Wolfgang Hölzel nicht erinnern. Vielleicht liegt das daran, dass ich ab dem 5. Schuljahr, also ab 1942/43, die Mittelschule in Zittau besucht habe. Ich habe die Schule 1946 mit der 8. Klasse verlassen. Danach besuchte ich ein Jahr lang die Haushaltschule, und anschließend absolvierte ich eine dreijährige Lehrzeit als Verkäuferin im Lebensmittelgeschäft Walter Schneider in der Breitestraße 25 in Zittau.

Frage: Hatte Ihr Vater, der selbständige Fleischermeister Walter Tzscherlich, Telefon im Hause?

Antwort: Ja. Wir hatten einen Telefonanschluss zu Hause. Mein Vater verstarb am 14. Dezember 1957 an Lungenkrebs. Wann meine Eltern den Fleischerladen schlossen, weiß ich nicht mehr. Sie betrieben die Fleischerei schon nicht mehr im Jahr meiner Eheschließung.

Das Telefon existierte bereits 1950 nicht mehr. Auf der fotokopierten Ausgabe des Fernsprechanschlussverzeichnisses der Stadt Zittau von 1950, die mir vorgelegt wurde, finde ich den Telefonanschluss meines Vaters auch nicht mehr.

Frage: Hatten Ihre Schwiegereltern, hatte der Schneidermeister Josef Morche einen Telefonanschluss?

Antwort: Als ich 1948 meinen späteren Ehemann kennenlernte, hatten Morches noch keinen Anschluss. Später hatten sie Telefon im Hause, aber genau kann ich das nicht sagen. Anhand der vorgelegten Fotokopien des Telefonanschlussverzeichnisses von Zittau kann ich sagen, dass erst in der Ausgabe von 1952 mein damaliger Schwiegervater Josef Morche unter der Telefonanschlussnummer 3566 verzeichnet ist.

Ich kann mich nicht erinnern, dass mein geschiedener Ehemann und ich oft miteinander telefoniert hätten. Er hat mich nur selten im Geschäft, also auf der Arbeitsstelle, angerufen, sonst nicht.

Frage: Waren Sie mit Ihrem geschiedenen Ehemann in den HO-Gaststätten Volkshaus und Dreiländereck in Zittau zu Gast?

Antwort: Ja. Vor unserer Ehe und auch zu Anfang bin ich manchmal mit ihm an Wochenenden oder an Feiertagen dorthin gegangen. Andere Gaststätten haben wir nur selten aufgesucht.

Frage: Kannten Sie oder Karl Morche Angestellte aus dem Volkshaus oder dem Dreiländereck?

Antwort: Persönlich kenne ich nur den Kollegen Raschke, den Objektleiter des Dreiländerecks, und den Kollegen Schulz, den Objektleiter des Volkshauses. Sonst kenne ich keinen Angestellten dort.

Ob mein geschiedener Mann irgendeinen weiblichen oder männlichen Angestellten in den beiden HO-Gaststätten kennt, weiß ich nicht.

Frage: Können Sie sich erinnern, wie oft Sie von Karl Morche 1950 besucht wurden?

Antwort: Ich kann mich nicht erinnern, dass er einmal bis Mitternacht geblieben wäre. Das hätten meine Eltern auch nicht geduldet. Ich war 1950 erst 18 Jahre alt. Es kann nur sein, dass wir einmal ausgegangen sind und er mich nach Hause gebracht hat. Wir waren meist im Kino. Was er nach der Verabschiedung gemacht hat, ob er eventuell noch wo hingegangen ist, weiß ich nicht. Ich glaube aber nicht, dass er im Anschluss noch irgendetwas unternommen hat. Ich halte es auch für völlig ausgeschlossen, dass er außer zu mir Beziehungen zu anderen Frauen gehabt oder solche gesucht hat. Es war gar nicht seine Art, nach anderen Frauen zu schauen.

1950 hat er niemals übermäßig Alkohol getrunken. Ich kann mich nicht erinnern, dass er jemals angeheitert oder gar betrunken gewesen ist.

Frage: Haben Sie im Sommer 1950 an einer großen Kulturveranstaltung im Volkshaus teilgenommen, zu der die IG Metall eingeladen hatte und an der Volkskunstgruppen der Volkspolizei und des VEB Phänomen, heute Robur, mitwirkten?

Antwort: Nein. Später besuchte ich einmal im Volkshaus eine solche Kulturveranstaltung, 1950 bestimmt nicht. In welchem Jahr das war, weiß ich nicht. Ich glaube, da waren wir schon verheiratet. Karl Morche hielt sich oft an der Theke auf und war ziemlich angeheitert.

Obwohl wir bereits verheiratet waren, wohnten wir noch getrennt bei unseren Eltern. Er brachte mich nach Hause, glaube ich jedenfalls.

Frage: Welchen Weg nahm Karl Morche, wenn er von Ihnen zurück zu seinen Eltern ging?

Antwort: Ich nehme an, dass er über die Äußere Weberstraße nach der Inneren Oybiner Straße 28 gegangen ist. Also am Ende der Äußeren Weberstraße müsste er gegenüber der Weberkirche in die Grünanlagen neben dem Feierabendheim ›Rosa Luxemburg‹ oder in die Dr.-Brinitzer-Straße zur Inneren Oybiner Straße gelaufen sein.

Frage: Nachdem Sie am 1. Juli 1967 in der zu klärenden Sache erstmals als Zeugin vernommen wurden und Sie wissen, dass Ihr geschiedener Ehemann sich selbst bezichtigt hat, an der Weberkirche eine Frau getötet zu haben, hatten Sie Zeit, alles in Ruhe zu überdenken. Haben Sie von Ihrem geschiedenen Mann, auch andeutungsweise, jemals gehört, dass er mit diesem Tötungsverbrechen in Verbindung stünde?

Antwort: Nein, niemals. Ich habe niemals, auch nicht andeutungsweise, aus dem Mund meines geschiedenen Ehemannes etwas dazu gehört. Selbst wenn er betrunken war, und das war später in unserer Ehe oft der Fall, hat er nichts von einem derartigen Tötungsverbrechen erzählt. Auch unter seinen persönlichen Sachen befand sich nichts, was von einer Frau hätte sein können. Ich traue meinem geschiedenen Mann ein solches Tötungsverbrechen nicht zu. Dazu halte ich ihn für nicht fähig.

Mein geschiedener Ehemann ist geisteskrank. Er war meines Wissens schon mindestens acht Mal im Fachkrankenhaus für Psychiatrie Großschweidnitz untergebracht. Wenn er seine Anfälle bekam, erzählte er immer den unmöglichsten Blödsinn. Er wollte dann die Einheit Deutschlands zustande bringen und andere verrückte Sachen machen. Aber von einer Mordsache hat er selbst bei solchen geisteskranken Anwandlungen niemals erzählt.

Frage: Sind Sie oder Ihr Sohn Dietmar von Ihrem Ehemann jemals misshandelt worden?

Antwort: Nein. Einmal hat er im betrunkenen Zustand einen Polstersessel auf mich geworfen, als ich im Bett lag und ihm den ehelichen Verkehr verweigerte. Sonst kam es zu keinen Misshandlungen an mir oder meinem Sohn. Mein geschiedener Ehemann hängt sehr an unserem Sohn. Er hat, nachdem wir bereits geschieden waren, Dietmar am Morgen vor dem Haus abgepasst und ist mit ihm spazieren gegangen. Ich habe daraufhin die Schulleitung schriftlich gebeten, auf meinen Sohn aufzupassen und ihn nicht auf Ersuchen meines geschiedenen geisteskranken Mannes vom Unterricht freizustellen.

Sonst kann ich eigentlich nichts sagen. Mein geschiedener Ehemann hat außer seiner Cousine Rosl Hübner keine Angehörigen in Zittau. Alle seine Verwandten, darunter sein Bruder Josef Morche, leben in Westdeutschland.«

25. September, Montag

Oberleutnant der K Strengeld und Kriminalmeister Steppan suchen am Vormittag Irma Gröne in ihrer Wohnung in Olbersdorf auf. Die Leiterin der dortigen HO-Gaststätte Volksbad arbeitete 1950 als Kuchenverkäuferin im Dreiländereck. Sie ist, wie die beiden Zittauer Kriminalisten erstaunt hören, damals von der Kriminalpolizei nicht vernommen oder befragt worden. Sie kennt auch keine der vier Damenhandtaschen. Selbst beim Foto von Anni Hölzel zögert sie. Sie habe ihre Kollegin »anders in Erinnerung«.

Zum Mordfall selbst steuert sie ein interessantes Detail bei: Wegen der warmen Witterung wären die Gaststätten-Angestellten in ihrer leichten Dienstbekleidung nach Hause gegangen. »Es ist damals erzählt worden, dass der vermutliche Täter aufgrund des HO-Kittels, den Kollegin Hölzel trug, angenommen haben könnte, dass sie die Einnahmen noch bei sich hat und er sie deshalb ermordete.« Ob sie aber auch das Haarhäubchen noch getragen habe, vermag sie nicht zu erinnern. Allerdings glaube sie das nicht, denn das habe man immer als Erstes abgelegt.

Und niemand von ihnen wäre als Straßenverkäuferin mit einem Bauchladen unterwegs gewesen, zu keiner Zeit, beteuert Irma Gröne.

Alle weiteren Angaben – zu den Dienstzeiten, zum Schichtbetrieb, zu Hölzels kurzzeitigem Schichttausch etc. – decken sich mit den bisherigen Feststellungen. Die beiden Kriminalisten erfahren nichts Neues. Auch hinsichtlich der Charakterisierung des Mordopfers bleibt es beim Bekannten. »Mit Frau Hölzel war immer ein gutes Auskommen. Sie war eine nette, eine sympathische Kollegin. Sie war sehr redegewandt, und ich wüsste nicht, dass sie unter den damaligen Kolleginnen und Kollegen Feinde gehabt hätte. Ich kann mich nicht erinnern, dass damals unter verschiedenen Kollegen und Kolleginnen der HOG Dreiländereck unmoralische Beziehungen bestanden haben.«

Was damit gemeint ist, lässt Irma Gröne offen.

Nein, getrunken habe Kollegin Hölzel nicht, schon gar nicht während des Dienstes. Da sei sie immer sehr korrekt gewesen. Was natürlich im glatten Kontrast steht zu dem Gerücht, was alsbald die Runde gemacht habe. »Sie soll mit Morphium geschoben haben«, sei nach ihrem gewaltsamen Tod gemunkelt worden. Nun ja, die Leute quatschen viel, wenn der Tag lang ist, sagt Gröne.

In dieses Fach fällt auch der Verdacht, es könne auch ein Russe Anni Hölzel auf dem Gewissen haben, also ein Soldat der Besatzungsmacht.

Oberleutnant Strengeld legt ihr ein Foto von Karl Morche vor. Das Gesicht des jungen Mannes komme ihr »irgendwie« bekannt vor, erklärt die Gaststättenleiterin zunächst. Doch wann und unter welchen Umständen sie ihn gesehen haben will, kann sie nicht sagen.

Die Ausbeute ist dürftig, die siebzehn Jahre seit der Mordtat sind nicht spurlos an der Erinnerung der Zeugin vorübergegangen. Die beiden Kriminalisten notieren abschließend verärgert, dass ihre Kollegen es nicht nur versäumt hatten, Irma Gröne seinerzeit zu befragen. Sie unterließen es damals auch, drei weitere Kolleginnen aus dem Dreiländereck zu vernehmen: Hertha Mehnert, Ursula Michel und Ilse Dellinger. Sehr gründlich scheinen die Kriminalisten 1950 nicht gearbeitet zu haben. Das erklärt, weshalb der Mordfall bis zur Stunde unaufgeklärt ist.

Aber weiter sind sie heute auch nicht gekommen.

4. Oktober, Mittwoch

Der Bezirksstaatsanwalt verfügt, dass sechs Eisenrohre zu beschaffen seien, die so ähnlich aussehen wie die vermeintliche Tatwaffe, die Morche benutzt haben will. Die Ermittler sollen sie bei der nächsten Vernehmung Morche vorlegen. Dieser solle sagen, welche Stange er beim Mord benutzt hat.

18. Oktober, Mittwoch

Leutnant der K Täsche nimmt persönlich Rücksprache mit dem Fachkrankenhaus für Psychiatrie in Großschweidnitz. Konkret fragt er den behandelnden Arzt, wann Morche wieder vernommen werden könne. Darauf erklärt Dr. Otta: »Jederzeit.«

Allerdings gibt der Mediziner zu bedenken, dass der Patient »laufend krankhafte Schübe hat und darum eben Gesagtes fast im selben Atemzug widerrufen kann«.

Im Protokoll des Gespräches vermerkt Täsche: »So hat der Patient dem behandelnden Arzt auch geschildert, wie er den Mord an der HO-Verkäuferin Hölzel durchgeführt hat. Wenige Stunden aber nach dem Geständnis erklärte er jedoch, dass er diesen Mord nicht begangen habe.«

Der Arzt bleibt die Auskunft schuldig, wann Karl Morche aus der Anstalt entlassen werden könne.

23. Oktober, Montag

Oberleutnant der K Strengeld telefoniert mit Staatsanwalt Elsner in Dresden und bittet abermals um Fristverlängerung. Diesmal setzt man als Termin den 15. November 1967.

In dem erbetenen schriftlichen Antrag, den Hauptmann Niebel unterzeichnet, wird als Grund für die Verschiebung die Erkrankung des zuständigen Sachbearbeiters angegeben.

31. Oktober, Dienstag

In der Klinik in Großschweidnitz suchen Oberleutnant Strengeld und Leutnant Täsche Karl Morche auf und vernehmen ihn neuerlich als Beschuldigten. Morche befindet sich inzwischen seit vier Monaten in der Psychiatrie. Das Gespräch dauert etwas über zwei Stunden.

»*Frage:* Wie fühlen Sie sich? Haben Sie irgendwelche Beschwerden?

Antwort: Ich habe keine Beschwerden. Ich fühle mich ganz gut so.

Frage: Weshalb befinden Sie sich denn zur Zeit hier in diesem Fachkrankenhaus?

Antwort: Ich bin jetzt das zehnte Mal hier im Fachkrankenhaus für Psychiatrie in Großschweidnitz zur stationären Behandlung. Ich bin vom Kreisgericht Zittau eingewiesen worden, weil ich Ende Juni 1967 unglaubwürdige Erklärungen bei der Kriminalpolizei abgegeben habe.

Frage: Ist Ihnen in Erinnerung, welche Erklärungen Sie bei der Kriminalpolizei in Zittau abgegeben haben?

Antwort: Ich habe bei der Kriminalpolizei angegeben, dass ich die HO-Verkäuferin Marianne Böhmer aus Zittau bei der Weberkirche erschlagen hätte. Das stimmt aber alles nicht, was ich bei der Kriminalpolizei in Zittau erzählt habe. Das ist alles nicht wahr.«

Im Weiteren berichtet Morche all das, was er Monate zuvor wiederholt zu Protokoll gab – aber stets mit dem Zusatz, dass das die Unwahrheit gewesen sei. Warum er das getan habe, wisse er auch nicht. »Mir sind die Nerven durchgegangen.«

Ja, es träfe zu, dass sein Cousin Karl Morche in der Sowjetunion gefallen ist und dass er sich 1960 bei der Kriminalpolizei beworben hat. Zutreffend sei ebenfalls, dass er 1947 / 48 beim Organisten der Weberkirche Musikunterricht erhalten hat, weshalb er die örtlichen Gegebenheiten an und in der Kirche so genau kennt. Sein Sohn Dietmar sei in dieser Kirche 1954 getauft worden, doch später habe er sie nie wieder betreten.

»Ich bitte nochmals mein Verhalten zu entschuldigen, dass ich den Behörden so viel Arbeit gemacht habe. Aber das hat an meinen Nerven gelegen.«

6. November, Montag

Die Kriminalisten in Görlitz schließen die Akten. Hauptmann der K Niebel informiert den Staatsanwalt des Kreises Zittau, dass das Ermittlungsverfahren gegen den Transportarbeiter Karl Morche, der seit dem 1. Juli im Fachkrankenhaus für Psychiatrie Großschweidnitz untergebracht ist, abgeschlossen wurde. Er schnürt ein Aktenbündel und bittet den Staatsanwalt auf dem beigefügten Schreiben,

1. beim Kreisgericht Zittau zu beantragen, den gegen den Beschuldigten erlassenen Unterbringungsbefehl aufzuheben, was auf den zehn nachfolgenden Seiten begründet wird;
2. die beigefügte Scheidungsakte Morche ./. Morche wieder dem Kreisgericht zuzuleiten;
3. die anliegende Personalakte des Beschuldigten der Kaderleitung des VEB Robur Zittau zu übersenden;

4. die Wohnungsschlüssel des Beschuldigten entgegenzunehmen und, wenn Morche einer Person Vollmacht erteilt hat, dieser Person den Schlüssel auszuhändigen;
5. die Beschlagnahme der in der Wohnung des Beschuldigten gefundenen Sachen aufzuheben;
6. dem Staatsanwalt des Kreises Bautzen Mitteilung zu machen, dass die Mordsache Hölzel mit dem Vorgang Morche der Bezirksstaatsanwaltschaft zugeleitet wurde;
7. die Unterlagen des Ermittlungsverfahrens gegen Karl Morche an die Bezirksstaatsanwaltschaft Dresden zu übersenden mit der Bitte, dieses Ermittlungsverfahren einzustellen.

Aus der Begründung geht hervor, dass nach Übergabe des Ermittlungsverfahrens gegen Karl Morche an das Kommissariat II in Görlitz »auch die Akte über die Voruntersuchungen bezüglich des an der HO-Verkäuferin Anna Hölzel begangenen Raubmordes beigezogen wurde.

Nach erfolgter Durcharbeit des uns übergebenen Aktenmaterials wurde ein Untersuchungsplan erarbeitet, nach welchem dann die von uns geführten Untersuchungen getätigt wurden.

Dabei ist von hier versucht worden, nach Möglichkeit noch Lücken zu schließen und Versäumnisse nachzuholen, die seinerzeit (1950) bei den Untersuchungen zur Aufklärung dieses Raubmordes entstanden sind.« So schreibt Niebel, der Chef der Görlitzer Kriminalisten, im November 1967.

Zwar hätten die alten Akten zum Nachweis geführt, »dass Karl Morche diesen Raubmord an der HO-Verkäuferin Hölzel niemals begangen haben kann«, aber sie offenbarten auch die Nachlässigkeit bei den Ermittlungen 1950.

Im Untersuchungsplan der Görlitzer Kriminalisten von 1967 heißt es zum Beispiel: »Eines darf jedoch grundsätzlich festgestellt werden, dass nach dem heutigen Stande beurteilt die damaligen Ermittlungen völlig ungenügend waren.«

Dann werden die Fehler im Einzelnen aufgezählt: »Der Tatortbefundbericht ist völlig unzureichend und gibt über wichtige Fragen keine Auskunft. [...] Der Tatort wurde nicht vermessen, Zeichnungen von Tatort und Umgebung wurden nicht angefertigt, Angaben zu Spurensuche und -sicherung am Tatort, an der Leiche und deren Bekleidung fehlen; äußere und innere Leichenbesichtigung hätte, soweit es sich um Spurensicherung handelt, fotografiert werden müssen.

Wo ist das präparierte knöcherne Schädeldach des Opfers verblieben? [...]

Der damals verantwortliche Untersuchungsführer, VP-Oberkommissar Knarr, hat sich auch nicht die Frage gestellt und zu klären versucht, ob der als Tatort ausgewiesene Ort, nämlich der Bürgersteig an der Südseite der Weberkirche in Zittau, auch wirklich Tatort oder nicht etwa bloß der Fundort war? [...]

Unverständlich ist auch, dass nicht diejenige Person damals ermittelt werden konnte, mit welcher die Geschädigte ein Telefongespräch von der HOG Dreiländereck führte, nachdem sie dem HOG-Leiter Banik zugesichert hatte, für eine erkrankte Kollegin einzuspringen und nicht nur bis 18 Uhr, sondern bis 24 Uhr den Dienst am Kuchenbüfett zu versehen. Da das Telefongespräch während des größten Geschäftsandranges erfolgte, muss es von großer Wichtigkeit gewesen sein.

Für die Untersuchungen hätten die Blutgruppe und die Blutfaktoren Bedeutung erlangen können. Darüber gibt das Obduktionsprotokoll auch keine Auskunft. Gleichermaßen war wissenswert, welchen Blutalkoholspiegel das Opfer hatte.

Wo ist die neben der Leiche gefundene Zigarettenkippe verblieben? Welche Zigarettenmarke? Warum wurde nicht versucht, die Blutgruppe des Rauchers zu bestimmen? Wo verblieb das neben der Leiche gefundene Stückchen Glanzpapier (vermutlich Bonbonwickel)? Welche Bonbonmarke oder -art?«

Im Weiteren listen die kritischen Görlitzer Autoren des Untersuchungsplanes Fragen auf, die sich ihre Kollegen 1950 hätten stellen (und beantworten) müssen, was sie jedoch nicht taten:

»Welchen Weg hat die Geschädigte am Freitag, dem 28.7.1950, genommen, als sie 00.40 Uhr ihre Arbeitsstelle verließ? [...] Wurde sie erwartet? Von wem? Etwa von dem nicht ermittelten Telefongesprächspartner? [...]

Hatte Anni Hölzel überhaupt ihre Handtasche bei sich, als sie ihre Arbeitsstelle verließ? Wenn sie diese bei sich hatte: Weshalb hat sie der oder haben die Täter diese mitgenommen? Liegt ein einfacher Raubmord vor, das heißt handelte der Täter zufällig und aus einer ihm günstig erscheinenden Situation heraus? Wurde der unbekannte Täter vielleicht durch sexuelle Beweggründe veranlasst, die ihm entweder unbekannte oder bekannte Frau zu töten? Befand sich in der Handtasche der Ermordeten etwas, an dessen Besitz der oder die Täter besonders interessiert war bzw. waren?

Das heißt also: Welcher Art waren die Beziehungen zwischen Täter und Opfer?

Was tat die Geschädigte in der Zeit vom Verlassen der HOG Dreiländereck gegen 00.40 Uhr bis zu ihrem Auffinden gegen 01.30 Uhr? Wo war sie in dieser Zeit, mit wem war sie zusammen?«

So lesen die Görlitzer anno 1967 ihren früheren Kollegen die Leviten.

Nach 17 Jahren jedoch sind auch sie nicht mehr in der Lage, den Mordfall Hölzel aufzuklären. Allerdings schließen sie nicht aus, dass es sich auch um einen Verkehrsunfall mit anschließender Fahrerflucht gehandelt haben könnte. Eine (inzwischen verstorbene) Insassin des Feierabendheims »Rosa Luxemburg« hatte seinerzeit als Zeugin ausgesagt, »dass in der Tatnacht an der Weberkirche drei Mal versucht wurde, ein Kraftfahrzeug zu starten«.

Alles offene Fragen, die die Görlitzer Kriminalisten zwar

stellen, aber nicht beantworten können. Der Fall Hölzel bleibt ungeklärt.

Aber sie sind erfolgreich in ihrem Bemühen, dem Mann, der sich selbst der Mordtat bezichtigte, nachzuweisen, dass er unschuldig ist und die Tat ganz gewiss nicht begangen haben kann.

So heißt es denn in der Begründung, weshalb der Unterbringungsbefehl aufzuheben ist und Morche als »freier« Mann in der Psychiatrie verbleiben kann, zu dessen Entlastung: »Der von ihm geschilderte Tathergang stimmt mit dem tatsächlichen Tathergang keinesfalls überein. […] Karl Morche gibt den Tatzeitpunkt mehr als ein Jahr früher an, nämlich die Nacht vom 5. Juni 1949, als er tatsächlich geschah (Nacht zum 28. Juli 1950). […] Er schildert die Witterungsverhältnisse, die zur Tatzeit herrschten, als nass und regnerisch. In Wirklichkeit regnete es weder in der Nacht am 5. Juni 1949 noch am 28. Juli 1950. […]

Angeblich sei die HO-Verkäuferin größer als er selbst gewesen. Seine eigene Körpergröße gibt er mit 163–164 Zentimeter an, was der Wahrheit entspricht. Die ermordete Anni Hölzel war aber nicht größer, sondern kleiner als der Beschuldigte, nämlich nur 150 Zentimeter, wie das Sektionsprotokoll ausweist.

Die Kleidung, welche die Ermordete zum Tatzeitpunkt trug, war eine andere, als vom Beschuldigten angegeben. Vor allem trug die Ermordete niemals eine Haarrüsche oder gar ein Verkaufstablett (Bauchladen) für den ambulanten Handel.

Vom Beschuldigten wurde erklärt, dass er eine Marianne Böhmer, wohnhaft gewesen Zittau, Äußere Weberstraße 70, erschlagen habe. In diesem Hausgrundstück hat wohl die ermordete Anni Hölzel, niemals aber eine Marianne Böhmer gewohnt. […]

Die in der ersten Vernehmung vom Beschuldigten abgegebenen Erklärungen bauen offensichtlich auf dem auf, was der Beschuldigte über das Tötungsverbrechen in der Sächsischen Zeitung vom 2. August 1950, Ausgabe für den Stadt- und Landkreis Zittau, gelesen hatte. […] Dazu ist von Herrn Dr. Otta im Fachkrankenhaus für Psychiatrie erklärt worden, dass für die Erkrankung des Patienten Morche typisch sei, dass derartige Kranke sich in gelesene Geschehnisse so hineinzuleben vermögen, dass sie glauben, diese betreffende Handlung selbst ausgeführt zu haben.

Aus all dem erklärt sich, dass dem Beschuldigten folglich Details der Straftat nicht bekannt sein können, weil er sie eben nicht begangen haben kann. […]

Die Hinterhauptverletzung der Geschädigten kann kaum mit dem vom Beschuldigten beschriebenen Tatwerkzeug (Eisenrohr bzw. Eisenstange) möglich gewesen sein. Der Beschuldigte ist Linkshänder, die Platzwunde am Hinterkopf der Geschädigten verlief aber horizontal, was sich auch nicht mit den Einlassungen des Beschuldigten in Einklang bringen lässt.«

Im Abschlussbericht verweisen die Ermittler auch auf ihre zweite Vernehmung am 31. Oktober, in welcher Morche alles widerrief und sich einige Male dafür entschuldigte, »dass er den Strafverfolgungsbehörden so viel Arbeit gemacht hat«.

Die geleistete Arbeit war in der Tat immens, wenn man die gesamte Ermittlungsakte studiert. Aber auch das hier erstmals veröffentlichte Konzentrat offenbart dies. Wie es auch alle juristischen Schritte, eines Rechtsstaats angemessen, nachprüfbar belegt.

Die Staatsanwaltschaft folgt dem Vorschlag, das Ermittlungsverfahren gegen Karl Morche entsprechend § 164 Abs. 1 Ziffer 2 StPO einzustellen und den Unterbringungsbefehl aufzuheben.

Karl Morche verbleibt als Patient im Fachkrankenhaus. Er verstirbt zu Beginn der 80er Jahre in der psychiatrischen Anstalt.

Der Mord an Anni Hölzel ist bis heute nicht aufgeklärt.